家族写真

辻原登

河出書房新社

目次

家族写真

家族写真

役場の収入役、谷口《やぐち》の長女が県立高校の分校を卒業して、松川電器門真《かどま》工場に就職することになった。遠いところだ。谷間の村から真西に川沿い道をバスで一時間半揺られて海岸の町に出、そこから電車に乗り継いで、真北にさらに六時間上《のぼ》らなければならない。

大きな半島をめぐる鉄道は東京起点主義のために、延々と海岸沿いを真北に上《のぼ》る列車を下《くだ》り列車と称する。下り列車に乗って大阪に上り、上り列車に乗って半島を、さびしい南の海へ下るのだ。

排気ガスと廃液によどんだ大阪近郊のその工場には、一万人の工員がいるときいた。玉緒《たまお》は一万人の中のひとりになるのだ。目もくらむほどだ。玉緒は両親とふたりの弟とひとりの妹の、家族合せて六人の中のひとりとしての自分、谷の集落八十二人のひとり、分校生徒百五十五のひとりとしての自分しか考えたことがなかった。

玉緒が出発する前日、父親が急に、町の写真館へ記念写真を撮りに行こうと言い出した。玉緒は弟の昇《のぼる》のインスタントカメラで、庭で撮ればよいといったが、父親は珍しくひとつのことに、つまり写真館行きにこだわってみせた。五人はすこし首を傾げたが、町に出ることは心の弾むことだった。

朝はまだ寒くて、みんなより一足早く庭に出た玉緒が、垣根に渡した竹棹に手をかけると、手袋の先が触れて溶けた霜がしみてきた。玉緒は軽く目を閉じた。

六人は明るい山の斜面の、段々畑の間道づたいに県道におり、朝一番のバスを待ち、乗りこんだ。そのとき、乗客は彼ら家族だけだったが、やがて顔見知りや知らない顔が入れ替り立ち替り乗ってはおり、乗ってはおりしていった。七曲りの崖で交通事故に出くわして、バスは立往生した。接触したらしい乗用車と小型トラックの運転手同士が車の外に出、崖に寄りそうかっこうで物静かに話し合っていた。バスが通れる道は、事故車に狭められてきわどかった。玉緒たちと他の乗客あわせて十二人はバスをおり、むこうまで歩かされた。小型トラックのそばを通ったとき、エンジンの冷える音が聞こえたから、事故はついさっき起きたばかりに違いない。玉緒はふたりが何を話しているのか聞いてみたくて耳を澄ませたが、あたりは静かで、川筋の言葉であることはたしかなのに、まるで外国語を話しているようにはっきりしなかった。

運転手がたったひとりだけ残ったバスは、ゆっくり、慎重に動きだした。収入役が川側の路肩に立って、バスを誘導した。

町に着くと汗ばむほどで、みんなはオーバーと手袋を脱いだ。バスの終点は鉄道の駅前だ。六人は駅前広場からまっすぐ延びた海岸への道をぶらぶら歩き、途中のレストランで、父親はエビフライを、母親はきつねうどんとおいなりのセット、玉緒はハヤシライス、昇はポークチャップ、智《とも》はオムライス、祐加《ゆか》はスパゲッティを頼んだ。智がガラスコップを落して割り、祐加はトマトケチャップを新調のセーターにこぼしてしまった。

満腹になって、古田写真館に繰りこんだ。迫り出し式の展示窓の中には、色々な記念写真が飾られている。彼らはしばらくそこに立ち止って、映画のスチールに見入るように覗きこんだ。きっとこの町とこの郡の人たちなのだろうが、知った人たちではなかった。写真館の中に入ると、六人のスリッパの足音が、古びた木床の廊下にこだました。祐加がセーターにつけたケチャップのしみは、写真館の洗面所で洗ってもとれなかった。

撮影室に一歩足を踏み入れたとたん、六人はいっせいに、おっと小さな声をあげた。学芸会の舞台のように明るかったからだ。青空や海を描いた衝立《ついたて》、棕梠や蘇鉄の鉢植、立派な肱掛椅子がある。天井から黒いハリウッドライトが蜂の巣穴のようにびっしり垂れ下っていた。その中には繭のような光があった。

緑のトックリセーターの、撫で肩で柔らかそうな体つきの館主が現われた。メインライトを斜め四十五度上方にぴったり調整し、反対側から補助光をあてて光を柔らかくした。大きなカメラのむこうから、館主が両手を胸の前で揉み手するように組んで話しかけてくる。

「この娘《こ》が大阪に就職が決ったもんですから」

父親が問われもしないことを答えた。彼と妻は前のふたつの肱掛椅子に腰かけ、うしろには、向かって左から智、祐加、玉緒、昇の順に並んだ。智と祐加は肱でこづきあってばかりいた。

館主すなわち写真師が、カメラの暗布に頭を突っこんで何かごそごそやっていたかと思うと、カメラの前にとび出してきて、肩や顎の上げ下げ、顔全体の角度、肱や手の位置を細かく直してゆく。再びカメラのうしろにもどった。

「はい、お目目はこの指先をみて！」

写真師は左手を挙げた。六人はいっせいにその人差指をみた。

「だめです。そんなひきつった顔つきではだめです」

と暗布をはねのけた。

「そうだ、チーズっていえばいいんだよ」

智がいった。

「チーズなんて、うわべだけじゃだめ。これは、大事なお姉ちゃんの記念ですからね。

まじめに、いい顔をしなくっちゃ。それに母さんはチーズが大嫌いだってこと、知ってるでしょ」

母親が智を振り返った。

「まだ硬いんだなあ。みなさん、いいですか」

館主が教室の先生のように説教調で呼びかけた。

「心のなかで、わたしはしあわせ、といってみてください。さあ」

みんなはためらって、互いに顔を見合せた。

「さあ、早く」

写真師はせっついた。

「ひとこと、たったひとこと、心のなかでつぶやくだけなんですよ」

写真師の顔は笑っていなかった。声に有無を言わさない調子がある。

「そう、それでいいんです」

また暗布の中に頭を突っこんだ。左手を、さっきと同じようにさっと挙げた。

「もう一度、わたしはしあわせ。はい」

レリーズを握りつぶす。シャッターの快い音が響く。乾板を入れ替え、同じことが三度繰り返された。

外に出ると、もう何日もスタジオに閉じこめられていたもののようにみんなほっとして、背伸びとくしゃみを繰り返した。 港を歩いて、漁船をみた。ブイに止ったかもめと、下の子供たちは視線を交した。

「こんにちは！」

祐加がかもめに向かって声を張りあげた。

帰りのバスの中ではみんな黙りこくってしまった。

「海のあるところって、疲れるわ」

と母親があくびをかみ殺した。智と祐加は折り重なって眠っていた。

「あんな言葉は、ほんとうに口にしたら、ろくなことがない。もし、悪魔にでも聞かれてみろ……」

と父親はいった。しかし、母親にも玉緒にもはっきり聞こえなかった。繰り返すのが腹立たしげに、声をもう一度、充分通るように押し出した。

「あれをほんとうに口に出したりしたら、ふしあわせになるような気がする」

玉緒と母親は顔を見合せ、いぶかしそうにふたりで睫毛をふるわせた。

「わたしらはどんなふうに撮れているだろうか。たのしみで、心配だな」

ひとりごとのようにつぶやくと、父親は目を閉じた。昇は英語の暗記カードをめくっている。玉緒はガラスの曇りを指先でぬぐって、川の流れをみた。淀みの緑青色と、むこうの川原に近い白く光る浅瀬にくっきり分れている。七曲りの崖に来ると、事故の車は脇に寄せられて、バスは停らなくてもよかったが、運転手同士がまだたばこを吹かしながら静かに話していた。玉緒は、彼らがいったい何を話しているのか知りたくてたまらなかった。

翌日、玉緒は記念写真と同じ明るいグレーのスカートとブレザー姿で、下り列車に乗って発った。その夜、無事寮に落着いた、とはずんだ声で電話をかけてきた。

写真が届いた。祐加がまっさきに、胸のへんのケチャップのしみの有無をたしかめた。きれいに消えている。祐加は胸をなでおろした。智は背筋を伸ばし、上を向きかげんにして館主の指先をにらんでいた。昇は笑っていた。スカイライトが、玉緒の柔らかな髪の数本を光らせる。玉緒の左手の先が父親の右肩にそっとかかっているのを、父親はいまはじめて発見した。

「みんないい顔してるよ。撮ってよかった」

夕食中も食卓の端の、味付海苔の缶にたてかけておかれ、みんなが寝る段になってやっと母親がそれをタンスの抽斗《ひきだし》にしまった。

「あれ、写真館に飾ってもらえないかなあ」

智がふとんの中で昇に囁いた。

「むりだよ」

昇は智の野望をせせら笑った。

手札判の一枚は玉緒に送られた。古田写真館から電話がかかってきた。谷口の写真を展示したいというのだ。久しぶりに撮れた完璧な家族写真だ。谷口は即座に断ろうとしたが、これまでも何かあるとみんなと相談して決めてきたことを思い出し、考えさせてくれといって電話を切った。話をきくと、三人の子供は興奮した。母親は特に意見をいわない。電話で玉緒に問い合せると別にかまわないという。多数決で、谷口の家族写真は古田写真館の窓を飾ることになった。

子供たちは、早く町へ、自分たちの写真が飾られているところをみに行こうとせがんだが、父親は急がなかった。何かのついででよい。それを最初にみてきたのが、昇の同級生の兄で、青年団長の吉井徹だった。写真館の前を通りかかると、ふとどこかで見覚えのあるものが視野の端を横切った。暗がりで花束がたった一本の花にみえるように、六人がなじみのひとりの顔として映った。立ち止って、引き返し、それが写真館の窓の中にあることを発見した。近づくと、谷口の家族だった。

村中に知れ渡った。町に出た者は、わざわざ古田写真館まで回り道をしてみてき、みてきたことを村人に吹聴した。一カ月もたつと、村の半分以上の人間がその写真をみていた。役場で、職員や、やってきた村人にそのたび写真のことを口にされると、谷口は、写真館が勝手に飾ってしまって、困ったことだ、と言い訳をした。

谷口の子供たちはじりじりした。何度も子供たちだけで行くという冒険計画が練られたが、思い切ることはできなかった。

収入役はできればあんなものはみないうちに展示窓から消えてほしかった。三十キロ以上も離れた町の写真館の小さな窓から、いつも自分の家族が覗きこまれているような気がしてならなかった。

しかし、収入役はどうしても仕事で町に出なくてはならなくなった。ひとりで行って、写真はみないで帰ってくるつもりだったが、家族のだれもそれを信じない。みんなには禁止しておいて、ひとりだけこっそりみてくるつもりだろうが、そんなことは許せない。父親はしかたなく、役場のマイクロバスに家族を便乗させることにした。

写真の前に立ったとたん、三人の子供は歓声をあげた。送られてきたものより、それは三倍に引き伸ばされて窓を飾っていた。全員が、ちょうど写真と向かいあう形に並んだ。鏡に映したのと同じだ。しかし、完全な対称ではない。向かいの写真の中、父親の背後、昇の隣にいる玉緒は、こちら側にはいなかった。窓の中では、玉緒の左手の先が、そっと父親の右肩にかかっている。五人の胸に、玉緒のいない淋しさが募った。

明るい、優しそうな、えくぼのある顔を玉緒はこちらに向けていた。この表情の瞬間、いま、わたしはしあわせよ、と彼女は念じたのだ。収入役は思わず、しあわせになれよ、と写真の中の娘に向かって呼びかけた。そのとき、彼女の指がそっと自分の肩に触れたように感じて、振り返った。もちろん、そこに玉緒はいなかった。そのあたりの地面で、雀が光を浴びて騒いでいた。

上り列車から、蟬が桜の木で一列に鳴きしきるプラットフォームに玉緒はおりたった。車輛がうしろすぎたので、玉砂利のプラットフォームを延々歩かなければならなかった。ゆうべ泣いたため頭が痛かった。改札口に辿りつくと、降客は玉緒のうしろにだれもなく、駅員が長く腕を回して鉄パイプの柵ドアを閉めようとしているところだった。

バス溜りで、ブリキにペンキで書いた時刻表の看板を見上げると、谷間まで行くバスは一時間半後にしかない。玉緒はボストンバッグを駅のコインロッカーに預けて、商店街を海に向かって歩きはじめた。首筋や腋の下に汗が噴き出したが、それを拭おうとはしなかった。

レストランに入った。半年前、みんなで入ったレストランだ。まだ半年しかたってないことがふしぎだった。玉緒は、あの日と今日を何十年もの時間が隔てているような気がした。ハヤシライスはもうメニューにはなくて、しかたなくチキンライスを注文する。チキンライスを食べながら、玉緒は、鮮やかすぎるほどあのときのハヤシライスの味を思い出した。あるいは、いまもしハヤシライスがそのままメニューにあって、それを食べていたとしたら、あまりそのことを思い出さなかったかもしれない。コカ・コーラをたのむと、あの時はいなかったおばあさんが、瓶と、氷のかけらとレモンの輪切りの入った長いグラスをアルミの盆で持ってきて、テーブルに置くと、まるめた手の中で栓抜きを使い、抜いた栓を隠しこんだまま戻って行った。玉緒はコーラをわざと溢れさせるように高い位置から注いで、飲んだ。

海に出た。岸壁の深い緑の水の中に、少年がひとり、いがぐり頭を出して浮かんでいる。そばに黒い木材船が三隻あり、橙色の吃水のあたりで油の虹がうねりながら少年の方へ流れていた。玉緒は湾の外の高い水平線に視線をやると、思わず左手の指先を舌で湿し、そっちに向かって差し伸べた。水平線が触れた。

駅前通りに戻ると、玉緒は、鏡に映して盛りだくさんにみせているくだもの屋の角を曲って路地に入った。写真館はたしかこの道のいくつめかを左に折れた突き当りのはずだ。しかし、いざ道を行こうとすると自信がなくなった。この先の石屋の角だったような気がする。違った。そもそもくだもの屋を目印にしたことからしてまちがいだったのではないか。迷って、立ち止った。すると、半年前、六人で写真館へ向かってぞろぞろ歩いて行ったときの光景がまるごと強い力で甦った。これほど思い出は強烈なのに、具体的な道順が覚束ない。とっつきの、深い廂によしずを立てかけた地面のかげで、三人の女の子が屈んでメンコをしていた。

「古田写真館てどこですか」

玉緒がたずねると、

「そこよ」

と三人一緒に立ち上って指さしたところにそれはあった。道はまちがっていなかったのに、玉緒は自分の心が迷ったのだと思った。

古田写真館は記憶通りの場所に、覚えていた通りのようすでたっていた。写真はあった。玉緒が先にみていたのは、送られた手札の一枚だった。写真の中のみんなは小さくて、通りいっぺんのなつかしさしか覚えなかった。しかし、いま目の前にしているのは、その十倍もの大きさだ。みんなまるで生きているようだ。半年前手にした手札とこの大きな展示写真との間には、玉緒の新しい日々が過ぎていた。展示窓のガラスと、額縁のガラスの二枚にしっかり守られて、鮮やかな青い背景の中に昇、智、祐加、両親、そして玉緒自身がこちらに向かってほほえんでいる。あのときはみんな写真師の左の人差指をみていた。それが、いまこちらにいる者にほほえみかけているようにみえる。

玉緒は、写真の中の自分とぴったり向かい合せになる位置に立った。そのとき、通りすがりの男がいぶかしげに玉緒の横顔をのぞきこんで行ったので、脇に寄り、見えなくなるとまた元の位置に戻った。そして、今、自分が立っているこちら側にも写真の配置通りに、ひとりひとりを呼び出していった。

「さあ、みんなでもう一度、写真を撮ろう。昇はわたしの左よ。祐加は右でしょ。だめよ智、そんなに前に出ちゃ。ちゃんと祐加と並びなさい。またコップを割ったりしたら承知しないわよ。まあ、お母さんったらどうしてそんなに首を曲げるの？　もっと背筋を伸ばして。ほら、わたしの左の人差指をみて！」

と左手を挙げた。

しかし、玉緒は父親の姿をどうしても呼び出すことができない。呼ぼうにも、悪夢の中みたいにもどかしく、声にも言葉にもならないのだ。父親が坐った椅子はかんたんに呼び出せた。玉緒の胸は灼けるように苦しくなった。……もうこの世にいないということは、空想の場面からも排除されなくてはならないのだろうか。

所用で海岸の町まで出かけた収入役の乗った車が、七曲りの崖で、むこうからきた小型トラックを避けようとしてハンドルを切り損ね、三十メートル下の川に転落した。昇が松川の工場へ電話を入れると、玉緒は休暇を取って、小旅行に出かけていた。父親の死を知ったのは、その三日あと、つまりゆうべのことだ。葬式はきのう済んだ。事故の現場があの七曲りの崖だと聞いたとき、玉緒は、そこでふたりの運転手が長々と話していた光景を思い出した。口の動きだけがみえて、声が聞こえなかったもどかしい感覚がよみがえった。あれは父親の死について打ち合せをしていたのではないか。玉緒ははっとなって顔をあげた。

展示写真をみんなが五月に揃って見物にきたことを、当時の昇からの葉書で知った。昇は普通高校への進学を諦めると書いてあった。玉緒は、いまひとりで写真と向かい合っている。あの時は、ここに彼女が欠けていた。そして、いまは父親が決定的に欠けている。

「よくきてくれた、玉緒。これでまたみんな揃ったね」

突然、父親の声がきこえた。

玉緒は軽く目を閉じた。その瞬間、左手の先が父親の肩に触れた。あの朝の、毛糸の手袋の先からしみてきた霜がよみがえった。涙が溢れ出た。

「しあわせになりなさい」

優しすぎる声で父親が娘に語りかけた。

玉緒は、たしかに父親の肩に触れたし、その声も聞いた。死んだ人間が排除されているわけではなかったのだ。むしろ、ここからいなくなったのは父親ではなく、自分のほうなのだという思いが、玉緒の心に熱くこみあげた。

「遅くなってごめんなさい」

「いいんだ。しあわせになりなさい」

「……だめ。わたしは、父さんの言いつけを破ってしまった。もう決してしあわせにはなれない。だって、あんなにはっきり口にしてしまったんだもの」

それを初めて口走ったのは、小旅行で男といっしょの時だった。そっと、しかしありったけの力をこめて。それを聞いたのは、あの男ひとりだ。あの男が悪魔だったのかもしれない。玉緒の周辺から家族は消え、そのあとに、五、六羽の雀が強い日ざしを浴びて騒いでいた。

わが胸のマハトマ

アガ・カーンの宮殿は静まり返っていた。すいかずらが絡んだ大理石と鏡の回廊の奥の小さな部屋で、彼は首筋に汗をかいて横たわり、せわしない息をついていた。

「寒い。体を揺すっておくれ」

彼は目を閉じたまま、マヌーとアンマに呼びかけた。アンマは手を彼の細い腰に、マヌーは反対側から尖った肩にあてがい、軽く、小さく揺すりはじめた。最初の体のひと揺れで、彼の喉からあぶくのようにヒューッという音がとびだした。

「ネルーはまだこないのか」

「ジャワハルラール・ネルーはまだきません」

少女のマヌーはいたずらっぽく答えた。

「クリパラニは?」

いらだった響きだった。

「アチャルヤ・クリパラニはまだよ」

マヌーの声はいっそういたずらっぽくはずんだ。

「デサイはどうしたのかな」

彼は体を震わせた。すると小さな、痩せた体がもうひとつ縮むようにみえた。

「マハデブ・デサイはどうしたんだ？」

もう一度たずねた。窓辺で糸を紡いでいた年嵩のアナスーヤが、うしろに糸を引きずったまま枕許に近寄ってきた。

「デサイは、イエラブダの刑務所で死んだではありませんか」

遠くで、かすかにどよめきが上った。それを銃の響きが引き裂いた。

彼は重い瞼をあげ、揺すぶられる体をすこしベッドの背凭れのほうへずらした。その首をアンマが支えた。

「デサイが死んだのは知っているよ。ただちょっと聞いてみただけなんだ。……カストゥルバも死んだ。ヴィノーハ・バーヴェもこないのか」

「あなたの弟子たちはとても忙しいのです。ジンナーは血に飢えた虎よ。背後でイギリスが糸を引いているんだわ」

といって、アナスーヤは持った糸を唇に嚙んで言葉を途切らせた。

「そうよ。チッタゴンでは五千人もヒンドゥー教徒が殺されたのよ。みんなモハメッド・アリ・ジンナーのせいよ」

アンマが叫んだ。

「でも、ノアリカーナではヒンドゥー教徒の手で回教徒《ムスリム》の村が焼きつくされたわ」

マヌーが応じた。彼は目を閉じた。

「わたしの断食はもう何日目になるのだろう」

声はか細く、ふるえていた。

「四日目よ」

マヌーが答えて、今度は彼の肩をこすりはじめた。

「わたしの祈りはもうインドには届かないのだ」

吐き気が彼をとらえた。吐くものは何もなかった。

「……寒い。もっとそばにきて、揺すったりさすったりしておくれ。なぜあたたまらないのだろう。首にはこんなに汗をかいているというのに。……母の断食のことを思い出すよ」

「聞かせて、ガンディージー。まだ聞いたことがなかったわ」

アナスーヤが促した。

「ああ、そうだったかな。ずいぶんと昔のことだよ。私がまだモニヤと呼ばれていた幼い頃のことだ」

ガンディーは思い出を遠くまで辿るために、閉じた瞼を軽くふるわせた。……丁度雨期のまんなかの頃のことだった。母親は太陽が姿をみせないあいだ食を断つと誓った。モニヤたち子供は、くる日もくる日も、太陽がみえたらすぐ知らせようと空を見張って外に立ち続けた。ある日の午後、突然太陽が現われ、子供たちは走って母親に知らせに行くと、彼女も自分でたしかめるために外に走り出た。しかし、そのときはもう太陽は消えてしまっていた。どんよりした空を見上げて母はいった。ちっともかまいません。神は今日も私が食べるのをお望みにならなかったのです。彼女は家に戻るとまた断食を続けた。

「ガンディージー、あなたの祈りはきっと届くわ」

アナスーヤが彼の耳もとでささやくと、さっと丈高い身を伸ばして、窓辺の糸紡ぎに戻った。アナスーヤはアーメダバードの道場《アシュラム》以来、十五年の非暴力《アヒンサ》主義の協力者だった。彼女は常に彼の断食の祈りにつき従った。今度で十八回目の断食だった。これが最後になるかもしれない。彼の体は極度に弱っていた。

いま、独立を前にして、ヒンドゥー教徒と回教徒《ムスリム》ははげしく抗争していた。かつては彼が祈りの断食に入ったと知ると、ムスリムとヒンドゥーはこぞって息をひそめ、夜が来ても彼の近くにいるために、暗闇の中でどの家も灯をともさなかった。駆ける者は立ち止まり、争う者は口を噤み、打擲する手は愛撫する手に変った。あの「塩の行進」の時、二千五百人のヒンドゥー教徒とムスリム混合のデモ隊が、鋼鉄の警棒の乱打の中を無抵抗のまま、手をつなぎあって行進を続けた。非暴力《アヒンサ》を体した彼らの表情に恐怖の影はなかった。

いま、生きて分裂するインドをみることは、彼には堪えがたかった。彼の奉仕は失敗だったのだろうか。非暴力主義《アヒンサ》はもう誰の心をも捉えることができなくなったのだろうか。ガンディーが今いちど一つのインドへの祈り、ヒンドゥーとムスリムの融和の祈りの断食に入ると宣言したとき、ネルーは顔をそむけ、今起きているのは内乱であり、内乱は純粋に政治問題なのだ、断食の祈りで解決できるものではないと反対した。

「……だけど声がしたんだよ」

ガンディーがすねた調子でいった。ガンディーとネルーとヴィノーハの三人の同志は、彼の部屋で糸を紡いでいた。

「またですか。いったい誰の声なんです」

ネルーの肩ごしにヴィノーハ・バーヴェが問い質した。

「それは、私の心が語りかけるのか、神が告げているのかは分らない。だけど、こうささやいたんだ。汝は再び断食に入らなければならない。何日ぐらいでしょう、ときくと、二十一日間続けよ、と声は告げたんだ」

「ガンディージー、あなたの体はもうそんな断食に耐えられるものではないのですよ。

やめてください」

ネルーとヴィノーハは、思い出のように奥まった部屋を出てゆき、それきり戻ってこなかった。

「……ハリラール……」

と彼のつぶやきがした。同じ言葉を二度目に口にしたとき、声は壁にこだまするほどたかまった。アナスーヤは紡ぎ車を回す手を止めた。マヌーとアンマは彼の胸や脚をマッサージしている。

「……ハリラール」

低い声にもどって繰り返された。

「ガンディージー。ハリラールって誰？」

マヌーとアンマが同時に声をあげた。ガンディーは目を開き、体の向きを変えてくれるよう目配せをした。ふたりの少女の助けで体の向きが変ると、ガンディーは、床に捨て置かれた彼自身の紡ぎ車、ネルーのもの、ヴィノーハのものを仄暗い中に見透しながら、足裏をこすり合せてもう一度、ハリラール、とつぶれかけた声をあげた。

「ねええ、それ、お祈りの言葉なの？」

アンマがじれったげに彼の腰を激しく揺すった。

「アンマ、お黙り。ガンディージー、どうか眠ってください。断食はまだ十七日もあります。ふるえていらっしゃる。まだそんなに寒いんですか。あなたたち、もっとガンディージーのそばに寄っておあげなさい。では、私はもっと毛布を取ってきましょう」

アナスーヤは窓際の、夕映えのほの明るいところで、あぐらの姿勢から起き上ると静かに部屋を横切った。彼はそれをうつろな視線で追いながら、アナスーヤが夕映えを道連れにしてドアのむこうに消えると同時に目をつむった。

ハリラールは目をさました。何十羽もの白鳩が河岸の石段から舞いあがり、ガートの水のかがよいを尻目に弧線を描いて、高く闇の中に消えていった。羽音だけはまだ聞こえた。下流の岸辺から火葬の炎がふたつ上っていた。ハリラールは、やっと、自分が目をさましたのは誰かに呼ばれたせいであることに思い当った。彼はのろい動作で、病者と乞食《サドゥ》の群の中から起き上ると、ガートに向かっておりていった。水のほうから呼ばれた気がしたのだ。ガートにはまだ水垢離《みずごり》する裸の男や口をすすぐサリー姿の女たちがいた。ハリラールは水につかり、聖句を唱えた。ガンジスの重い水が彼の胸ぐらをつかんで揺すった。すると、彼の名を呼んだ者が誰であるか、おぼろげに分ってきた。彼はベナレスの乞食の生活の中で、物の名を忘れ、自分の名を忘れかけた男だった。その彼に、自分の名を思い起させることのできるのは、彼をハリラールと名付けた者以外ありえなかった。

彼は水からあがった。水が体のまわりに垂れ幕のように落ちた。腰衣《ドーティ》のしずくで石段を濡らしながら、横たわる乞食の群の中に戻ると、再び狭い階段に窮屈なあぐらをかいた。この姿勢で眠りもすれば、巡礼や水垢離する人たちの喜捨も乞う。父の家《アシユラム》を飛び出して五年になる。しかし、彼はこの歳月をもう数えることができない。父の家《アシユラム》を飛び出したのは十八歳の時だった。それからカルカッタで夜学を出て、闇塩の商売に手を染め、結婚し、妻に死なれ、破産し、ふたりの子供にも死なれ、債鬼から逃れるために放浪者《サドウ》となって世を捨てた。インドの至るところを彷徨した。あちこちで父の業績を聞いた。あの人はわたしの父などでなく、かわいそうなインドの父になろうとするのだ、と彼は得心した。

吃水の深い舟が何艘も流れを溯ってゆく。そのあたりの上の闇から急に白鳩が羽音をとどろかせて舞い戻ってきた。うちの一羽が彼の耳を打った。その拍子に、彼は父親と彼らの家を、道場《アシユラム》でなく、ポールバンダルの生家を思い出した。彼の父親はよく息子の耳を痛いほど捩った。出会いがしらに息子の顔を両手に挟み込み、耳たぶをごしごしこすったり、耳を持って吊り上げようとしたりする。父親は、子供を動物と同じようにじらしたりからかったりするのをたのしんだ。ハリラールはそれを長いあいだ許しがたく思っていたことがある。

カティアワール半島のアラビア海に面した小さな港町の、小さな部屋をたくさん持った大きな建物だった。そこに親戚縁者の三十世帯が雑居していた。結婚したり子供がうまれたりして家族が増えると、部屋の中に部屋をつくり、部屋の上に部屋を載せていった。外観はカティアワール風のレンガを積みあげたそっけのないものでも、内部はとても複雑な建物になった。この蜂の巣じみた建物には、ぐるりとひと巡りする廊下一本しかなかった。新しく結婚して所帯を持ったパテル伯父などは、自分の部屋に帰るのに七つもの部屋を横切ったり、登ったりしなければならなかった。その部屋は腕を動かせば壁に突き当るほど狭く、息苦しかった。

石畳の、昼もほの暗い中庭には洗濯用の大きな石の水槽があり、いつも衣類を敲く音が響き渡っていた。悔やんだり、罰を自分に引き受けたりする男が、平手で自分の額を打《ぶ》つ音もよくまじって聞こえた。隅に苔むした水汲み場があった。猿に追いかけられた子供のハリラールが、入り組んだ小径を駆け、立ちふさがる牛の腹の下をかいくぐって中庭に飛びこみ、渇いた喉を水汲み場の水でうるおしていると、非暴力主義《アヒンサ》の集会から帰ったばかりの父親が待ち構えていて、息子の耳をつかむ。縞の粗末なサリー姿の母親が、片寄せたカーテンのむこうで、窓や柱の間に置かれた灯明皿に火をつけようとしていた。

「もしいつか、わたしたちがこわれて、ばらばらになるようなことがあったら、この水汲み場を思いだすんだ。そしたら、またきっとみんなここでひとつになれるんだ」

父親と交した約束を思いだしたとたん、ハリラールはその中庭に立っていた。人影もなく、静まり返った中に、水汲み場の水だけがかすかな光を湛えて水槽の上にもりあがり、縁から流し場にこぼれる小さな音をたてている。なにもかも昔のままだ。時折、門から吹き抜けてくる風には、澱んだ港の潮の香りが挟まっている。

「……ハリラール」

呼ぶ声がした。あの声だ。しかし、彼の耳は少し遠い。だからそれをよほど離れたところから呼ばれているのだと聞いた。

「ハリラール」

水汲み場のすぐ目の前に、父親が立っていた。上半身裸で、腰衣《ドーティ》を巻いたいつもの姿だ。眼鏡が鼻のうんと下のほうでひかっている。ハリラールは、父親のほうに水槽を回って近づいた。相手は痩せさらばえて、自分のまわりに輪をえがくように揺れている。誰かが彼の体を小刻みに揺すっているみたいだ。

「いつ来たんだい？」

ハリラールは問いかけた。

「いま着いたばかりだよ。だけど、おまえが市場の角を曲って、路地の石段をおりてくるところはここからみていたよ。だからほんの一足早くさ」

「なつかしいなあ。生きて会えるとは思わなかったぜ。あんたが、いつか水汲み場で会おうといった、そのことを思いだしたんだよ。そしたら、とたんにここに来た」

「私が呼んだんだよ」

「ああ、聞こえたよ。だけど、来たくなければ、来ないことだってできたんだ。それはおれの勝手さ。……いったいあれからどれくらいたったんだろう」

「いつからだい」

「ここで会おうって約束してからさ」

「あのとき、たしかおまえは八つだったよ。だからもう六十年にはなる」

「おれたち自身はフェニックスの家《アシュラム》以来だから、やっぱり五十年ぶりぐらいかなあ。でもあんたは何だかとても変だ。顔色も悪いし、もう死んじまってるんじゃないの？ひどくやつれてみえる。どっかから血でも流してるんじゃないか」

ハリラールは垢だらけの首を伸ばして父親の背中を覗きこんだ。

「わたしはまだ生きてるよ。いま、デリーで断食中なのだよ。そういうおまえだって死んでるみたいだぞ。臭いなあ。そのかっこうは何だ。いったいどこにいたんだい」

「おれはベナレスのガートの乞食《サドゥ》さ」

「なぜそんなところに？」

「あんたが追放したんじゃないか。忘れたのか。……だけど、あんたって相変らず何かといえば断食なんだね。今度は何のための断食なの？」

「インドのためだ」

「インドなんてくそっくらえ」

ハリラールは思ったことがそのまま口に出てしまったので驚いた。さっきからそれをふしぎに感じていた。考えて、それからおもむろに声になって出るというのでなく、もはや考えることとしゃべることがひとつなのだ。思うことと動くことがいっしょなのだ。

ハリラールはもともと非常に口数少い男だった。聖者《サドウ》の旅に上ってからというもの、口にするのはただ聖句に限られた。こんなにしゃべるなんて、女子供みたいだ。するとそれが声になっていて、父親の耳に届いた。

「女子供が見たいのなら中にいるよ。おまえの死んだ子供たちもいる」

と父親は夥しい数の部屋が重なり合った背後の大きな窓を振り返った。

「いや、いいんだ。がきの面《つら》などみたくない。それよりまだもう少しこの水汲み場にいたいな。……おれのいったこと、怒ったんじゃないの？」

「インドのことか。おまえ、いまこの国で何が起っているか分っているのかい？」

「おれにはこの国のことなんか分らない。ただガンジスの水と、サンザシの棘のあいだを吹いてくる風がありゃいいんだ。死んで、水に灰を流して、輪廻を逃れるだけのことよ」

　父親は眉を動かし、平手で額を打ちつけた。大きな音が壁やガラス窓にこだました。何かの都合で自分を罰したのだ。

「……インドは私を見捨てたのだよ。私は六十年もインドのために闘ってきた。かわいそうな、見捨てられたインドのためにだ。それなのに……」

「インドがあんたを見捨てたんなら」

　とハリラールは父親を遮った。

「あんたはおれを見捨てたんだぜ」

　……この男は、おれの耳を痛くて涙がでるほど捩った。それでおれの耳は遠くなってしまった。愛情の表現だなんていわせない。おやじはおれを憎んでいた。英語を学びに学校へ行きたいといったとき、彼は断固反対した。彼はおれにグジャラート語以外を禁じた。道場《アシユラム》に移ってから、彼は母さんに便所掃除をやらせた。それがこの国では何を意味するか知っての上でだ。母さんが泣きながらいった言葉を覚えているかい。……ガンディージー、あなたの家《アシユラム》はあなただけのものになさい。そしてわたしにここを出て行かせてください。彼は母さんやおれ以外のあらゆる人間に奉仕し、看護し、おれたちに向かってはそのむしゃくしゃを晴らすばかりだった。集会場や椰子の樹陰から聞こえてくるあんたの、心の底から響く陽気な笑い声が、どんなにおれを苛立たせたことか……。

「おおう、カストゥルバよ」

と父親は手で顔をおおった。

「おまえの母さんは、私の腕の中で安らかに死んだよ」

父親は水汲み場の湧水に両手をひたして、振り向いた。

「まだこれ以上あるのかね」

といって手のしずくを息子に向かってはじきとばした。

「母さんが安らかに死んだなんて……」

ハリラールは嗚咽した。

おれが十五歳の誕生日のとき、巡礼先から珍しく父親は手紙をくれた。……楽しみと戯れは無邪気な時代、十二歳以前にのみ許されるものだ。私がおまえの年より若かった頃、父上の看病にまさる喜びはなかった。十二歳を過ぎてからは楽しみも戯れも知らないでいる。

父親は何度も手を水につけ、ハリラールに向かってしずくを飛ばし続けながらうなずいた。

「十七歳の誕生日のとき……」

とハリラールは続けた。

朝、あんたは起きて、人におれを捜させ、連れてこさせて、こういった。……私はいつもおまえのことを思っている。私はゆうべ、おまえが私の信頼を裏切り、金庫から紙幣《かね》を盗み、それを換える夢をみたよ。おまえはそのお金を悪のために遣った。私はそれを知り、驚き、たいそうみじめに感じた。いまもそう感じている。これは、私のおまえに対する愛着を語っている。だからおまえは、私の愛を信頼していいのだ。

あんたはおれに、おれ自身の存在をいつも後悔させたがっているようにみえた。まるでおれが、あんたの汚れた、呪われた部分で、おれがいつも後悔していなければ自分の恥だとでもいうふうだった。これでおかしくならない息子なんているだろうか。おれが結婚したいといったとき、あんたは全身を震わせて怒った。おれは家《アシュラム》を出た。

「これだから肉親はいやなんだ」

とガンディーは吐き捨てるようにつぶやいて、また額を打《ぶ》った。

「中に入ろうか」

とガンディーが腰衣《ドーティ》の裾をいきなりひるがえした。母親の姿は見当らなかったが、彼女がつけた灯明が柱のかげや窓で光を放ち、互いに混り合ってひと続きの弱い明りとなって奥への道を照らしていた。ハリラールは父親のあとについていくつもの部屋を抜けた。息子のパテルとアザードの姿をちらっと見かけた。彼らはとても青ざめていて、父親を知らぬげに駆け抜けて行った。弟のマニラールを第一の部屋に、デヴァとその家族をマニラールの部屋の内部につくられたもうひとつの部屋に、いとこのラムスの家族をデヴァの上に重ねた狭苦しい部屋にみつけた。それから少し暗く、少し広い部屋に入って、ハリラールは父親の姿を見失った。

目の前のベッドにひとりの男が横たわり、脇に少年が蹲《うずくま》るようにして、臥《ふせ》った男の脚をマッサージしている。少年は、額に大粒の汗を掻き、たえまなく臥った男の顔を心配げに覗きこみ、祈りの言葉をつぶやいた。病人はひっきりなしに呻き声をあげ、短い息を続けたと思うと、ふいに静かになる。それからまた大きな息を吐いた。右手を挙げようとし、挙げ切れないまま墜ちかけるのを少年はすばやく飛んでいってつかみ、干からび、しみの浮いたその手を細いつやつやした手でさすりながら、

「お父さん、モニヤはここにいますよ。あなたがよくなるまで、モニヤは決してここを離れません。どうか眠ってください」

と必死の声と面持で呼びかけた。

誰かが入ってきて、モニヤの肩に手を置いた。少年は振り返った。

「ああ、カーン叔父さん。母さんやカストゥルバはもう寝ましたか」

カーン叔父はうなずいた。

「モニヤ、代ろう。おまえはもう二日も寝ていないよ。私がいるから大丈夫だ。少し眠りなさい。そんな小さな体で、父さんより先にへたばってしまうよ」

モニヤはかぶりを振り、父親に水薬を飲ませる準備をはじめた。小さなスプーンに青い色をした薬をすくって、父親の口に近づけ、呼びかけると、動いた父の顎がスプーンに当り、薬が胸もとにこぼれた。モニヤはため息をついて、病人の顔をみつめ、薬を拭き取って、もう一度同じようにして飲ませることができた。

「さあ、モニヤ。父さんだって、おまえに眠ってもらいたがっているんだ。行きなさい」

しかし、モニヤは父親の額や首筋の汗を拭ってやり、父親の臭い息のところまで自分の唇を持ってゆくと、再び祈りの聖句を唱えはじめた。手は父親の痙攣する肩をさすっている。やがて彼の祈りとマッサージが功を奏して、父親の痙攣はしずまる。モニヤの心と体は、父親の痛みをやわらげるために、いっときも怠ることがない。

「モニヤ、おまえいくつになった？」

脇でそのようすをじっとみていたカーン叔父がたずねた。

「十三です」

「子は大人の父というけれど、モニヤ、おまえをみていると、ほんとうにそうだよ。おまえはそのうちもっとたくさんの人の父になるだろう」

と叔父は部屋を横切ってむこう隅の丸椅子に行き、腰かけて脚を組んだ。

「子は大人の父……」

もう一度つぶやいて、小さなくしゃみを三つ立て続けにした。そのあとはとても静かな時が過ぎた。カーン叔父は居眠りをはじめ、モニヤは父親の背中や脚をさすり続けた。

モニヤは、カストゥルバの呼び声を聞いた。はち切れそうな叫びを懸命に押し殺した、低くても遠くまで届く声だった。モニヤはマッサージする手を止め、目を閉じ、耳を研ぎ澄ませた。もう一度聞いた。開いた彼の目に、それまでにはなかった黄色くはぜる光が宿った。彼は平手で二度、自分の額を打った。その音でカーン叔父が目をさました。

「こんな夜ふけに打つもんじゃないぞ。罰を全部自分に引き受けることになるよ。額を打っていいのは陽の下でだけだ」

モニヤはしばらく首をうなだれていたが、いきなり立ち上ると、

「カーン叔父さん、すみません。ほんのちょっと、ほんの少しのあいだだけ代ってください。すぐに、すぐに戻ります」

と叱りながらいった。呼ばれたカーン叔父は隅から急いで出てきた。

「そうだ、カストゥルバのそばでうんと眠るがいい。目がさめたころには、きっと父さんはよくなってるさ」

モニヤは裸足で、母親がともした灯明もすっかり尽きたまっ暗な廊下を音もなく走った。はてしなくカーテンをめくりあげ、眠っているいとこやおばやおじのベッドを飛びこえたり、急角度に体を倒して曲ったりした。夜が部屋数を増やしたのに違いなかった。そして、ビルラとシタラマーヤの部屋をそっくり入れ替えていた。モニヤは、男や女たちの眠りの最中へ、いろいろな音や調子の鼾の林の中へ手さぐりで入ってゆき、スィーおばの大きな鏡に突き当ってびっくりした。彼女は鏡の涼しさを信じていた。それで、床すれすれの鏡の裾にしがみつくようにして眠りこけていた。

モニヤは別の部屋まではみ出している家具に躓き、短い梯子をのぼり、反対側で飛びおりた。遅くまで勉強していたいとこのモンダビが、うつろな目つきで服を脱いでいた。ロウソクを消し、素っ裸になり、狭苦しいベッドに横たわった。モニヤは声をかけずに通りすぎた。イェンガー伯父とその家族の部屋はからっぽだった。十日前、突然いなくなったのだ。そして、いとこのパテルのベッドをかすめ、母親の眠っている部屋を迂回し、兄のマニラーやデヴァの部屋を突っ切り、デヴァの上に重ねた、母方なのか父方なのかよく分らない、父がポールバンダルの内務大臣時代にひょっこり現われてそのまま居ついているカンドおじさんの部屋へと登り、そこでついにモニヤは、息を切らせて、カンドおじの部屋の隅にベニヤ板で仕切られた、とても小さな、箱のような部屋のベッドに、妻のカストゥルバをみいだした。

彼女は眠っていた。少女らしく、しなやかな褐色の体をむきだしにして、のびのびとした寝息をたてていた。両肩はぴったりシーツにつけているが、腰はねじれて立ち、両脚を膝のあたりで交叉させ、顔はモニヤを待ちくたびれて戸口を向き、唇はモニヤと発音したままの形にめくれている。

モニヤは鼻を彼女の口もとに持っていった。寝息はジャスミンの香りがした。どういうふうに起そうか、少年はしばらく迷うそぶりをみせた。唇を彼女の耳もとに運び、彼女の名を三度、聖句のように唱えた。カストゥルバは目を開いた。眠りからすぐに駆けだす犬のように、彼女は心と両腕をさっと広げ、モニヤの首に巻きつけてきた。

夏まで、かくれんぼや石蹴り遊びの子供仲間だったモニヤと強情っ張りのカストゥルバは、秋には親の取り決めで夫婦になった。モニヤはカストゥルバに没頭した。

あくる冬、父親が倒れた。モニヤの結婚式に向かう途中、父親の馬車が転覆し、頭部と背中に傷を負った。当座はそれほどとは思えなかったが、冬になって一挙に後遺症が噴き出した。父親は起き上れなかった。

モニヤは父親の看病と妻に引き裂かれた。父親をマッサージしているときはカストゥルバを想い、彼女といるときは父を思い、教室にいるときはふたりのことを考えた。

カストゥルバの乳首は、友達のメータブが飼っている小犬の足裏のバラ色のイボに似ていた。モニヤは父親を忘れ、いつまでもそれを指先と舌先でいじっていた。カストゥルバは吐息ひとつもらさず、口をつぐんだまま笑ったり泣いたりした。彼女はすべすべして、乾酪《チーズ》のようにモニヤの肌に吸着する。身をくねらすとき、モニヤは、石を白墨の線内に蹴りこむときや鬼の目をくらますときの彼女の姿を思い出した。……ふたりは、まだ充分生えそろっていない毛むらを重ねた。暗く、長い一本の小径のはて、針穴の一点から黄色い、ぱちぱちはぜる光がうまれ、近づき、大きくなってくる。モニヤに向かってはカストゥルバから、カストゥルバに向かってはモニヤのほうからやってきた。光は渦巻いて高まり、風が吹き起った。崖にぶち当る波となってふたりの芯を砕いたとき、猫のような叫びを押し殺すためにモニヤはカストゥルバの髪を咥《くわ》え、カストゥルバはモニヤのとがった肩を咬んだ。

誰かが駆けてくる。

「モーハン。モーハンダース・カラムチャーンド・ガンディー！」

とモニヤの長たらしい正式名を叫びながら額を打《ぶ》つ音が近づいた。モニヤは急いでカンドおじの部屋にとびおり、おじの頭をまたいでマニラーとデヴァの部屋を突っ切った。いとこのモンダビがうつろな目つきで服を脱ぎ、ロウソクを吹き消し、祈りの聖句を唱えた。スィーおばの頭をまたぎこし、シタラマーヤとビルラの部屋を抜け、いくつものベッドを飛びこえてやっと廊下に出ると、カーン叔父とぶつかった。

「カラムチャーンド・ガンディーが亡くなった！」

とカーン叔父は泣き声で告げ、モニヤを突きとばすようにして寝ている家族たちのほうへ走り去った。モニヤは壁に額を打ちつけて目を閉じた。そのまま床にくずおれてしまいそうだった。速く走ろうとしたが、思うように足も腕も前に出ない。父親のベッドに辿りつくまで、モニヤははげしく額を打ち続けた。

額を打ちながらガンディーはよろよろと中庭に転がり出た。

「夜に額をそんなに打つもんじゃないよ」

とハリラールが諭《さと》した。

「なにいってるか。私には昼も夜もありゃしないのさ」

と応じながら、ガンディーは息子のそばに来て向かいあった。遠くの寺の猿の喚きがきこえた。ハリラールは黙ったまま唾をのみこみ続けるのが苦しくなって、声を絞り出した。

「……おかげで、おれは、自分の誕生の瞬間をみたよ」

父親はうなずき、うなだれた。

「ところがあんたは、あれほどインドに奉仕と看護をし、みんなにそいつを呼びかけながら、自分の父親の臨終の瞬間に立ち会いそこねたんだ。枕許にいなかったんだ。

あんたにとっちゃ悔やんでも悔やみ切れないことだろうよ。罪深くって、やりきれんことだろうなあ。そして、おれはその臨終の瞬間の子だ。あんたにとって、おれが抹殺したいほど呪われた子であるのも道理だ」

ガンディーは腕を伸ばし、水の面を手のひらで打ちはじめた。額を敲く音に似ている。

「あのとき、私もカストゥルバもまだ十三歳だったんだよ」

「あんたは父親の看病に失敗した。要するに、父親の父になり損ねたというわけだ」

……そして、こんどは、インドがあんたの手から砂のようにこぼれおちてゆくんだ。あんたはみんなの尊敬の真っ只中で、仲間もなく、友もなく、そして子供もなく死んでゆく。……あんたの非暴力《アヒンサ》ってそういうことなのかい？

「そうかもしれないな」

ガンディーは水を打ちながらつぶやいた。

……私は父を殺し、ハリラールを生んだ。だから私は生むことも殺すこともやめなければならなかったのだ。それが私の非暴力《アヒンサ》だ。しかし、いいか、ネルーにもジンナーにもバーヴェにも決してつかむことのできないものがある。

「おれの耳のことかい？」

「いいや、違うのさ」

……生むことも殺すこともやめた者だけが、暗く長い一本の道のはての、あの黄色い死の光をみつめ、死の明断さを理解し、その結果、生きているということの責任をつかむのだ。ほんとうの献身は、この死の明断さからしか生まれない。

「ああ、しかしなんて寒いんだ」

ガンディーははげしく身震いをした。……ひどく歳を取ってしまった。もういくらふとんを重ねても、この体はちっともあたたまってくれない。

「もうこれくらいにして別れようぜ、おやじ。お元気で、なんていわないよ」

ハリラールはゆっくりと踵を返しかけた。……おやじは宮殿の中で無益な断食を続け、おれはガンジスのほとりで死んでゆくのだ。たぶんだれもおれを荼毘《だび》に付してはくれないだろう。焼くには十ルピーは取られる。おれの体だと五百キロの薪が必要だからだ。このことがつらい。生《なま》のまま川に捨てられ、魚に食われ、浮き上ってはカラスや犬の餌食になるのだ。

父親が、立ち去ろうとするハリラールに飛びついて、彼の耳をつかんだ。

「もうすこしいておくれ！」

「放せよ！　昔とちっとも変らんなあ」

建物も中庭もすっかり闇の底に沈みこんでいた。水汲み場の水だけが、吹き抜けの空から降ってくるそれと知れないあかりを照り返して、ほのめいていた。息子の耳をつかんだまま、ガンディーは何かいおうとして、しきりに口ごもった。猿がけたたましく鳴いた。そのあとは、水が縁をあふれてこぼれる音だけが残って、静かさを濃くした。ガンディーの口からやっとしわがれた、弱々しい声がこぼれ落ちた。

「私はおまえの父親だ。いいね。血を分けた親子だ。うなずいておくれ」

ハリラールは思い切った強い力で、父親の手を耳から払いのけた。

「だからいまさらどうだというんだい？」

「だからこそ次のことがはじまるんだ」

ガンディーは今夜はじめて、集会での演説者の声を取りもどした。……私は、私の非暴力《アヒンサ》を絶対に後世に残さなければ、死んでも死にきれないのだ。いいか、ハリラール、おまえが私の父親になるんだ。そして、私はインドの父になる。

「いったい何をほざいているんだ？」

ふたりの顔がぼうっと水に映って、揺れた。下からたえず水が湧いて、水槽全体が動いているのだ。

「どうやって、おれがあんたの父になるんだ？」

「私は、おまえの看護のもとに死ぬんだよ」

「おれの看護？」

そうだ、看護なのだ。私はこれまでずっと人々の看護人だった。せめて死ぬときぐ行いの産物、呪われたハリラールを選んだのだ。神よ、お許しあれ。彼こそ適任者だと私は確信する。

「おれは看病なんてしたことがないぜ」

「いいんだ。とにかく、おまえは私を殺せ!」

ガンディーはほとんど絶叫した。ハリラールはぽかんとして突っ立っていた。……とろいやつだ、ハリラール。もっと早く理解しなければだめだ……。塩の行進をみても分るだろう。

ハリラールは両手を水の中に突っこんで目を閉じた。

「ヒンサ、アヒンサ」

といきなり口をついて出た。

「そう、非暴力《アヒンサ》と暴力《ヒンサ》だ。まだ分らないのか。アヒンサが私で、ヒンサがおまえだ」

水から両手を抜いたハリラールの目が大きく見開かれ、水のかがよいが照り返した。

「そうか、やっと分ったぞ!」

ハリラールは父親に向かって手のしずくをはじきとばした。……この男は、おれの手にかかってインドの父になる気なんだな。とんだ父親の看護だ。おれはあくまで乞食《サドウ》として、ガンジスのほとりで野垂れ死ぬんだ。そいつが、ガンディージーへのお返しだ。

ガンディーは揺れて、震えながら闇の底に立っていた。しかし、まだ闇を掻き回す力を持っていた。

「ハリラールよ。この約束の水をいっしょに飲もう」

と水の上に屈みこんだ。ハリラールも並んで水に口をつけた。ひと口、ふた口飲んで、顔をあげた。ガンディーが笑顔をみせた。モニヤの顔だった。一瞬、ハリラールは、ガンディーを自分の息子のように感じた。……ひょっとしたら、おれはこの男の父親になれるかもしれない。サドウとして死ぬより面白いぞ。この男をくだらないインドの父にしてやるというだけで、その父親になれるというなら、おれはみじめな一生をいっぺんに帳消しにすることができる。

ハリラールはガンディーを盗み見た。すでにモニヤの顔は跡かたもなく消えて、耳をつかみにくるいつものあの父親がいた。殺してもいい。

「……だけど、父親殺しの汚名を着せられて死ぬのなんていやだな」

とハリラールはつぶやいた。

いいや、ハリラール。おまえが私の息子だと知っているのは、あの世までただ私ひとりなのだ。おまえの素姓など誰も知らない。私はとうに息子は死んだとみんなに言いふらしてきた。

「……あんたを殺せば、ほんとうにおれはあんたの父親になれるんだな」

ハリラールは脅すような調子で一歩前に出た。するとガンディーは一度くるりとうしろを振り向き、ひとつ軽く額を打った。

「おまえは、イエス・キリストという男を知っているか」

「知っているよ。あの男がどうかしたのかい？」

「彼は二千年も前に死んだ男だ。それなのに彼の生涯をみんな覚えている」

「ああ、覚えている。ユダという男の裏切りで磔《はりつけ》になったんだろう」

ガンディーは深い、苦しそうな息をして、しゃんと姿勢を正し、石畳に脚をふんばった。息子に対して、最後の、奇怪な説得をするために。

「むしろ、ユダのせいで覚えているといったほうがいい。イエスの生涯は、そのユダという男によって完成したのだ」

ハリラールはさっき、自分の理解の遅さを父に咎められて悔しい思いをした。それで頭が灼き切れるほどガンディーの言葉を真剣に考えようとした。そのとき、ハリラールは自分でも驚くことをした。自分の耳をつかんで、思いっ切り捩ったのだ。

「分ったぞ！　そうか、おれはあのユダなのか」

愛は裏切りによって……、とガンディーのつぶやきがした。非暴力《アヒンサ》は暴力《ヒンサ》によって……とハリラールがつぶやき返した。

分ってくれ、とガンディーは呼びかけた。イスカリオテのユダは、ほんとうはイエスの息子なのだよ。そのことを知っているのは、ただイエス・キリストだけなのだ。そして、ユダがまたイエスの父であることも。

分ったよ、とハリラールは答えた。……そのことを知っているのは、ただマハトマ《偉大な魂》・ガンディーのみ。おれの名は、ハリラール・ヒンサ・ガンディー。マハトマの子にして父。

ハリラールはガートの階段で起き上ると、堤道を走りすぎるリキシャの群れをすばやく横切って小径に入り、寝静まった市場の続く曲りくねった道を急いだ。五分ばかり駆けて、猿の寺へと消えた。

三日後、潔斎を済ませたハリラールは猿の寺を出、髯を落し、ターバンに背広のいでたちでデリーに現われ、ヒンドゥー至上主義民族党ラシュトリヤ・スワヤム・セワク・サンにナトゥーラーム・ヴィナヤーフ・ゴードセーと名乗って入党した。ゴードセーは市内のいたるところで、ヒンドゥーとムスリムの融和を説くガンディーこそヒンドゥーの連帯を乱し、パキスタンの独立を許す張本人である、非暴力《アヒンサ》の教えこそヒンドゥーを骨抜きにした究極の原因であると演説した。

一九四八年一月三十日正午、ガンディーはオレンジジュースをひと口飲んで二十一日間の断食を終えた。二時間休息し、ライフの写真家マーガレット・ブーケホワイトの訪問を受け、撮影を許可した。午後五時、二十一日ぶりの祈りの集いを主宰するため宮殿の庭へ出た。彼はいつものように、アンマとマヌーの肩によりかかって芝生の上を歩いた。数百人の人間が両側から彼の祝福を受けるため近寄ってきた。ひとりの男が前方から誰よりも早く接近し、ガンディーの足もとに跪《ひざまず》き、合掌するのをみて、ガンディーは立つようにと促した。男は至近の距離に立ち上り、ポケットからピストルを出すと、両手を揃えた。一呼吸あった。ゴードセーは祈りのために挙げた両手を突き出すようにして、引き金を三回引いた。

「おおう、神よ！」

と発して、マハトマ・ガンディーは倒れた。

立ちすくむ群衆に向かって、自分はラシュトリヤ・スワヤム・セワク・サンのナトゥーラーム・ヴィナヤーフ・ゴードセーというものだ、と大声でながながと告げて、男は逃走した。ハリラール・カラムチャーンド・ガンディーは一年後、ベナレスのガートで凍死した。遺体は魚とカラスと犬の餌食となった。

谷間

あなたからせんに電話で用向きをうかがったあと、だれかその、榎本の関係がね、どうも謎や、それをもういっぺんきいてみよと思て。ここの教育長がその亡くなった榎本のいとこや。

どっちのですか。榎本竹男、榎本偲《しのぶ》?

榎本竹男さん。姓は同じやがふたりは赤の他人やで。ほたら、その小松原とゆうたらいまでももっとうすい親類になるし、ほて、その人らにきいたらええんやけど、考えてみるとね、もう十何年もたつんや。いまさらね、あの、古傷にさわられるようなことを遺族とか親戚はね、いたく歓迎しない。それでまあ、あなたの道はもちろん、新聞やなし週刊誌やなし、かまへんねけど、あくまでも小説。地名とか登場人物とかは変えて、架空なものにしてくれるという……

そのつもりです。

あの、辻原さんからおみやげをいただいて。

ここで平野夫人がコーヒーを出してくれたのだ。受皿がガラスのテーブルにぶつかる鋭い音がテープに入っている。場所は土曜日の公民館のロビー。しゃべっているのは中辺路《なかへち》町公民館長の平野敏美さんだ。この八月の十日で満七十八歳になるときいた。昔、朝日新聞の田辺通信員をしていたこともある。

事件は昭和五十二年四月二十一日の夕方、和歌山県西牟婁郡中辺路町で起きた。この日午後六時半ごろ、同町栗栖川の農業、能城《のぎ》方へ、同町高原《たかはら》に住む山林業、榎本竹男（六六）が酔って、空の湯呑茶碗を手に持ち、倒れ込み、「ヘンなもんをのまされて気分が悪い。水がほしい」と苦しみ出した。能城が近くの診療所の医師を呼んだが、三十分後に死亡した。さらに、能城が近所の無職榎本偲（四五）方に行くと、偲も自宅食堂前で口から泡を吹いて苦しんでいたので国立田辺病院に収容したが、間もなく死んだ。ふたりは飲み友だちで、午後四時ごろから偲の家で酒を飲んでいた。食堂には酒の空瓶と、農薬エンドリン三百ccの空瓶が転がっていた。アル中で妻に逃げられた偲が、発作的に酒にエンドリンを混ぜて竹男を殺し、自分も死のうとしてのんだとされる、いわゆる男同士の無理心中事件で、当時、私の郷里の紀南地方ではずいぶん話題になったが、事件そのものは一カ月後、被疑者死亡による不起訴処分でけりがついた。私は、郷里に住む従兄から法事の打合せの電話のついでに、川筋ふたつ隔てた中辺路で起きたこの事件の概要を知らされた。まさか十七年もたった今頃になって、のこのこ現地に取材に出かける破目になろうとは思いもよらなかった。きっかけは、という迷宮入り事件の謎を追いかける、そんなノンフィクションを書いてみないか、という雑誌編集者の誘いだった。しかし、こうして要約してみてもむなしい。事件を語っているつもりが、じっさいは何も語っていないも同然なのだ。ふつうの事件ならたいがいどこかで合うはずの辻褄が合わない。なぜ農薬をのんだのか。なぜふたりなのか。発作的といわれているが、それだけでは事件の解説どころか要約にすらならないのだ。

テープにもどろう。

公民館にはの、スプーンいくら捜してもひとつしかないで、これ、どうぞ、かわりばんこにお使いください。大きいのはいくらでもあるんやけどない。いなかの役場でももう週休二日になったよ。きょうは朝からだれもおらん。

あれは、どうも事件当時からみんなが疑問に思ってるし、わたし自身も当時、峰地区の区長で、あの、こっちの葬式もした。

こっちというと？

榎本偲。峰やから。ちょっとも、その、あのふたりの関係がね、あのまきこまれたあちらの……

榎本竹男さん……

そう。榎本竹男さんちゅうひとはね、これゃなかなかしっかりした人で、戦前、青年学校で教えとった。あの、小松原から川合というこの奥の集落へきて、そいから高原《たかはら》の斜面にあがって。ところが、毒飲ましたこちらの男、

榎本偲……

その偲は教養もないし、どちらかというと粗暴なたちで、勤労でもないし、日常生活ももうゆがんでおって、酔うとね、ひとの顔みたら、殺《ころ》いたろか、と言葉をあびせてくるぐあいで、まあ鼻つまみというかない……。中風で寝ていた父親にDDTをのませて殺そうとしたこともある。あちらの、その竹男さんも酒豪らし。その事件の当日もね、偲があちらの榎本さんの家へ行って。ちょっと、この谷、役場や公民館や中学校のあるこのあたりは栗栖川やが、谷を挟んだ向かいの中腹を高原《たかはら》ちゅうて、海抜六百メートルはある。てっぺんのほうにはごぞんじのイーデス・ハンソンさんが住んでおられる。なぜハンソンさんが中辺路の高原を選んだかちゅうと、あのかたが小さいころ、お父さんが宣教師かなにかでチベットでくらされた。そのチベットのどこやらの雰囲気によう似てるおっしゃって。そいでその、榎本竹男さんとこはハンソンさんのだいぶ下の斜面やが、そこでふたりで二升近くのんだらしい。ほいから、おれとこいこらちゅうてね。竹男さんが単車を出して、うしろに偲

を乗せて、上からおりてきて、芝の力店《りきみせ》で、コップ酒をだしじゃこの封を切ってもろて、それをしゃぶりながら。高原高い峰高い、芝の力店まだ高い、ちゅうくらいやが、そこで二杯ずつぐらいいましたのんだ。

そこで、偲が役場の福祉課の男を投げとばしたという……

そうそう、そんなことききましたな。

なぜ投げとばしたんでしょう。

いや、相手はだれでもよかったんや。たまたま福祉課が入ってきて、からんだん
やろが、若衆《わかいし》やから偲の扱いかたを知らん。役場はわしを差別するんか、とかゆう
てたということやない。

それから、偲の家へ向かったんですね。

疑問というよりか、納得できんのはね。どうして竹男が、その偲と、その決して
ながいつきあいでも昵懇でもなしに……

あ、ながいことないんですか。たしか、青年学校の教え子だった、と新聞には。

教え子やった。うん、ほやが、深いつきあいとはゆわんやろない。そら、酒の上
ではまあ昵懇やったかもしらんけど。しかし、あの強烈な、その除草剤やからな。

エンドリンでね、ここまで持ってきたらもう鼻についてね。

そんなににおいが強烈ですか。酩酊していても。

なんぼぐでんぐでんでも、あんなもん、その気がのうてのめるもんやない。

そのとき、平野氏の話の途切れ目から、平野夫人のものでない女性の声で、プ・チエン・ドゥときこえた。私ははっとなって、ソファテーブルを挟んで速記している妻の顔をみた。ひたいにうっすらこまかな汗を浮かべて、速記の筆を進めている。気づいたふうにはみえない。聞き違いだったのだろうか。テープを止め、巻きもどすなんてことはできない。もし私の幻聴でなかったとしたらヤブヘビになる。

その気というと、自殺する気、という……

そやの。偲はのむ折から死ぬつもりやったかもしれん。大っきいて、粗暴やが気の小さい男でない。世をはかなまんならん事情は山ほどある。粗暴やから、あがのイノチにかて粗暴になる。ほやけど、いくら誘われたかてね、いっしょにのむほうがどうかしとった。それが、あちら、高原のほうにもなんか、その、世をはかなまんならん事情があったんやないか、そう思た人も多かったが、家は裕福で、子供も立派で孫もいる。前日、孫らとわざわざ尾鷲まで大相撲の巡業を見に行ってるくらいやのに。その点から、そのね、まったくエンドリンのむなんちゅうのは……

まったく、ですか。

まったく。からだはやにこう大きな男やったが、気の小さい偲は、つれがほしかった。あの世までも。同情したんかいな。いっきのみでもやったんか。

すみません。あのね、竹原さんは魚でいっぱいでないよ。


平野夫人の声だ。近くの竹原という宿の手配を頼んであった。


釣り客ですか。ああそうですか。そいじゃ他に……

月乃家はもうちょっと奥の近露《ちかつゆ》やけど、月乃家、きいてみてあげて。栃ごうもあるしな。ひとりやでな。

すみません。よろしくお願いします。

そいで葬式はわたしが取り仕切って、大阪の電機メーカーにいる娘も帰ってきて。

娘さんがいたんですね。千嘉子さんという。

ああ、そう、千嘉子です。きれいな子でね。そいで葬式の翌日、わたしがその偲の娘をつれて竹男さんの家へ線香をあげに行ったんやが、奥さんはてしこううらんでおってない。おばあさんはものわかりがようて、こいも人間の運や、偲を責めてもはじまらん、と。娘はじっとうつむいて、目を閉じとった。

あの、すみません。月乃家さんも栃ごうもやっぱり鮎での。釣り客がずっと入っておって一杯で、辻原さんのことならなんとかしてあげたいといっておられたが、時季が時季やさかい、もうなんとも、て。

そうですか。どこもいっぱいですか。すみません。大丈夫です。田辺に泊りますから。伯扇閣か花木ホテルなら。……偲の娘というのは、その後何か消息がありますか。

風の便りやが、結婚して、京都に住んでるよなこときましたな。

あれはその娘さんにあてたんですね。農薬をのんだ食堂の黒板に、千嘉子許してくれ、美しい言葉はありません、と偲が書きましたね。紀伊民報のバックナンバーでみました。黒板の写真が載っていました。達筆だなと思いました。

あれはね、偲の義姉にいわせると、もう死ぬ三カ月ぐらい前からあそこに書いてあったと。

そうですか。三カ月も前からですか。千嘉子さんの現在の住所はわかりませんか。

あなた、やめておきなさい。わたしも知らんが、あなたも知る必要がない。わたしの知っているかぎりのことは、いま話してあげている。あとは架空のものにして、勝手にお話をつくったらよろしい。

いいえ、ぼくはお話をつくろうとは思わないのです。事実、ファクトだけがほしいのです。

事実がほしいといわれても、警察に行ってもらうしかないんやが。

行きました。この事件の調書は既に昭和五十七年、つまり事件から五年後の十二月に廃棄になっています。被疑者死亡により不起訴処分。それにしても廃棄が早すぎる。

ほなら、もうこれ以上、中辺路におられてもむだやない。早う横浜に帰って、人名も地名も何もかも変えて、小説にかかることです。締切があるんでしょう。

これを小説にする気は全くありません。締切もへったくれもありません。なんとかファクトだけを集めて、中年と初老の男同士がわけもなく農薬をのんで死んだ、そのわけをぼくが勝手に決めるわけにはゆきませんから。ほんとうにそのわけを知っているのはあのふたりだけで、真実をあの世に持っていってしまったわけですが、しかし、あのふたりにしても自分たちのしていることのほんとうのわけを知り、何か判断を下していたわけではないと思うのです。ほんとうに判断を下すことのできるのは当事者だけですが、でも、当事者であるかぎり判断は下せない。変な理屈ですが。ですから、ただできるだけこまかな、死亡に至るまでの事実を積み重ねる、つなぐという、そういうゼノンの背理のような迂遠な方法で……

ウエン？　由理が速記の手をとめてきき返す。私はテープレコーダーをとめ、ウエン、道が曲りくねって遠いこと、と国語辞典ふうの説明を口にする。由理がうなずくのを合図にボタンを押し、再びテープを回しはじめた。

ノンフィクションでやるちゅうことですか。

いいえ。ノンフィクションというのとはまた違います。あれは、事実を集め、集めた事実にもとづいて真実を書くと称していますが、事実と事実をつなぐのはライターの勝手な因果の推理、安手の接着剤で、けっきょくできあがったものは、たっぷりお話ししています。検事の起訴状だって同じです。

ほなら、娘に取材するなんちゅうのは、そのお話しする気分のところから出てきとるんとちがいますか。

いいえ、何度も言うように、ただどんな事実でもほしいだけなんです。

事実がほしいゆうても、その、事実てなんやろ。事実は物やないんやから、みんなすんでしまったことやから、みる人、話す人によって違うてくるんやし、あなたはそれを書くとき、取捨選択もされるやろうし……

ええ、もちろん。しかし、そういってしまえば、人間は考えるのを捨てることになるでしょう。たしかに、事実は、このコップやあそこの花瓶やあのねずみ色の雲のようにあるわけではありませんね。見たり聞いたりする人間の熱意によって存在する。いま動いている入道雲は、人間がいようがいまいが存在するかもしれませんが、事実というやつは、人間がいなければ無です。ぼくは、この事件は、事件についての認識が深まれば深まるほど、真実が消えてゆく、そういったぼくらの知恵、知恵というのはお話をつくる能力のことですからね、そういうぼくらの知恵の及ばない世界へ連れ出してくれる、そんな気がして。

わたしは、いろいろ疑えばきりはないが、これはいとも単純な事件やないかと思てる。昼から酒をのみはじめ、あびるほどのんで、意気投合して、いろいろ話しするうちに、いっしょに死んでやろうと偲が考えつき、イチ、ニ、サンでのんだ。竹男は意気投合して……

意気投合しても、たとえ酔っていても、あんな臭い除草剤、死ぬ気もない人間がのみますか。

のめへんやろな。

プ・チエン・ドゥ、と再び女の声が入った。

「二度目ね。だれ？」

由理が紙の上に鉛筆を倒して顔をあげた。

「きみがつぶやいたんじゃないの？　だとばかり思っていた」

不見得《プチエンドウ》。中国語で、……とはかぎらない、というほどの意味だ。よく使う。三年前まで、十五年間、東京の赤坂にある小さな商社にいて、もっぱら中国貿易の仕事をしていた。そのころの私の口癖が、不見得《プチエンドウ》だった。これは、仕事で知り合った天津の貿易公団の李俊さんの口癖をもらったものだ。われわれは老李《ラオリイ》と呼んだ。老李は文化大革命のとき、知識分子として批判され、五年間、内モンゴルのエレーンホト近くの地下三百メートルの炭鉱で石炭を掘っていた。地上に出るのは十日に一度だ。文革が終り、地上に解放されたとき、彼の目はほとんど何もみることができなかった。彼はいつもまっ黒なサングラスをかけていた。私はサングラスのうしろの老李の目をみたことがない。その彼が、地下の炭鉱の中で、闇に向かって、不見得《プチエンドウ》、とつぶやきつづけたのだ。これは地獄か。そうとはかぎらない、と。私たちの商談が暗礁に乗りあげて二進《にっち》も三進《さっち》も行かなくなると、いつもきまって老李の口から、不見得、と洩れた。そうなのだ、……とはかぎらないのだ。私たちはこうしていくつもの商談を成立させた。結婚すると、私の不見得は妻に感染した。今回の、郷里紀伊半島への取材旅行に、私は別の方角から来たひとりの女性と大阪で落ち合って同行した。そのひとも、私の不見得をいまはまねるようになっている。テープの声はたしかにその女性のものだ。それにしてもおかしい。私が公民館の閑散としたロビーで、平野氏にインタヴューしているあいだ、その女性はロビーの隅で、ずっと私の同行の人間でないふりで、新潮文庫の『マノン・レスコー』を読んでいて、声などテープに入るはずはなかった。そのひとの声はたしかに、時として由理の声に似ることがあるかもしれない。事実、何度かぎくりとさせられたことがある。もちろん、妻自身が他人の声と自分の声を聞き違えるはずはない。しかし、私は自分のそういう思いだけを論拠にして、これはきみの声だろうと妻を言いくるめ、逃れようとしている。

「ちょっと巻きもどしてみて」

言われたとおり四、五秒ぶんくらい巻きもどし、プレイボタンを押す。……のめへんやろな。プ・チエン・ドゥ。なぜだ。どうしてここにこれが入っているのだ。

「誰かいたのね」

私は両手をひろげ、肩をすくめてみせる。

しかし、のんだ。

鸚鵡返しの私の声だ。

わけもなくのんだんや。

ただわけもなく……。食堂はどれくらいの広さですか。

ほぼ八畳敷くらいの土間で、本家《ほんや》とは別棟になっておって。高原と対面するような峰の高みの斜面なんや。本家は瓦屋根の二階建で、食堂は隣でプレハブや。そこから山の水を落す溝がまっすぐおりていて、それについて小道があって、雨が降ると、それゃ滝みたいになる。その滝壺にあたるようなところにもう一軒、檜皮葺《ひわだぶ》きの能城《のぎ》の家があって、竹男が夕方六時ごろ、そこまでおりてきて、てしこう酔うて、戸口に立って揺れておったという。偲にヘンなもんのまされた、喉かわいた、というて水をもろてのみ、単車のそばで立ちしょんべんしているうちに口から泡噴いて、丸太棒みたいにぶっ倒れたんや。

テープはここで終っている。このあと私は事件現場の斜面の食堂までのぼって行った。もう榎本と関係のない人が住んでいて、中に入れなかったが、警察の実況検分のように周囲を歩いた。

私は唇をかんだ。妻の視線を逃れ、窓に寄ってみるともなく外をみた。マンションの下の道で、少年の蹴ったサッカーボールが通りすがりの女性の日傘に当った。

「わたしの声じゃないわ」

「きみの声だ」

私はあくまでしらを切って言いつのる覚悟だ。

「そんな。わたしはあなたの取材について行かなかったのよ。これは、ここから六百キロも七百キロも離れた紀伊半島の山の中で録音されたものじゃない」

「そうさ。きみはいっしょに来なかったけれど、あのテープはきみの使い古しだった。先に入ってたのかもしれない」

「ばかねえ。そんな重ね録りはありえないのよ」

それから、昼食にふたりで素麵をたべ、贈呈本の礼状の葉書を二枚書き、丘の下のポストまで行こうと部屋を出て、ゆるい坂道をおりていると、いつのまにかうしろに由理がついてきた。さきほどのテープのわだかまりは消えていない。テープの声は消しようもない。由理は、取材の場所に平野老人と平野夫人の他にもうひとり、女性がいたと疑っている。しかも、その女性が不見得《プチエンドウ》と二度も唱えた。それだけでその女と私との関係は知れるというもの。しかし、私だって腑に落ちない。あの声の主は、私が妻に隠れて数カ月に一度会っている女性であるのはまちがいないが、あのひとがそんな言葉をあそこで口にしたという記憶はない。たとえ『マノン・レスコー』を読んでいるうち、無意識に口をついて出たというようなことがあったにしろ、私と平野氏の間に置かれた小型のカセット・テープレコーダーとの距離は三、四十メートルはあった。いくら性能のよいソニーTCM57でも拾えるはずがない。拾えるはずのない声が、私の行動を咎めるかのようにテープに録音された。しかし、やっぱりそんな怪異を私は信じない。信じないなら、私は自分の五官を疑うまでだ。結局、あの女性はそれをかなりな声で口にし、私がそれを二度も聞き損ねたが、ソニーTCM57はちゃんとそれを捉えていたのだ。平野氏は七十八の老人だ。耳もかなり衰えている。

坂道は、板金工場とクリーニング工場の間を抜けると平坦になる。工場から熱風と、鉄板をハンマーでたたく音やガスバーナーのうなり、スチームを逃がす音がひとかたまりになって押し寄せてきた。横浜地方は日中、三十五度近くまであがると今朝の天気予報は告げていたから、工場の内部は四十度を超えているのではないだろうか。しかし、大勢の男たちはきびきびと動いている。

左に折れると、すぐ三メートルほどの長さのコンクリート橋を渡る。川底も両岸もすっかりコンクリートで固められた幅一メートルにもみたない浅い流れが光っているが、これが今井川で、保土ヶ谷や戸塚あたりの起伏の激しい小刻みな丘と谷をつくった開析の張本人だとはとても信じられない。流れはこのまま今井街道と平行して谷筋を南東に一・五キロほど下り、JR東海道・横須賀線の堤道に突き当って東に方向を転じ、井戸ヶ谷の切通しへんで東北に折れ、天王町で北西の方角から流れてきた帷子《かたびら》川に合流する。帷子川はそのまま東北方向に川幅を広げて四キロほど流れ、高島埠頭で東京湾に入る。帷子川合流点を起点として、今井川の全長は約六キロ。起点から相鉄バス美立橋車庫あたりまでの四・八キロは二級河川だが、そこから水源地と目される今井町六三五番地の小さな谷あいまでの約一・二キロは一般下水道扱いになる。私はこれらの詳細を、去年の夏、引越して間もないころ、保土ヶ谷土木事務所に電話で問い合せてたしかめた。川や地形について、まず調べておかないと落ち着かない。土木事務所ではすぐにわからず、調べて折返すといった。お子さんの宿題ですかときくので、そうだと答えた。折悪しく神奈川県東部に大雨警報が出ていて、忙しそうで気がひけたが、二十分ほどして電話がかかってきて、丁寧に教えてくれた。

郵便ポストは、いま歩いている路次が今井街道に出る寸前にある。投函口はふたつだが、それぞれの表示がこれまで住んだ八王子や市川や練馬、同じ横浜の旭区とも違う。だいたいどこでも、市（区）内と市（区）外か、または普通便と速達・国際という分け方だった。保土ヶ谷区の場合はいっぷう変っていて、左の投函口にハガキ・手紙と書かれ、右の投函口には、それ以外のもの、とあるのだ。ハガキ・手紙以外のものといえば、小包くらいしか思いつかないのだが、右の投函口が小包郵便用として特に大きいわけではない。ここから投函できる小包となると、せいぜい二、三百ページの本一冊程度の規模のものだろう。それに投函者は規定の小包料金を自分で正しく算定して、切手を貼らなければならない。保土ヶ谷に越してきて、妻と郵便ポストの前に立つと、いつもそのことが話題になった。

「きょうは、こっちに入れてみようかな」

由理がいたずらっぽくうなずいた。私は二枚の葉書を右側、つまり「それ以外」の口に運び、葉書のへりを指先で突くようにすると、ポストの闇の中でいったん浮きあがる感触が伝わった。それからストンと直接鋼板の底に当る音がした。

「右側はきっと何も入ってないのね」

ポストの中がとてつもなく広いものに思えた。投函してしまったら、さてあとは何もすることがない。ポストの前にいつまでもふたりで突っ立っているわけにもゆかない。葉書はちゃんと配達されるだろうか。不安になった。部屋にもどって、今日こそ保土ヶ谷郵便局に電話して、ここでも子供の宿題と称して投函口の不思議な分類についてたずねてみようか。

とりあえず来た道を引き返す。滅法高い積乱雲が、板金工場のスレート屋根の上にみえる。空はまっ青で、雲の縁《へり》が白すぎてこわいくらいだ。今年ほど積乱雲が異常に高く大きく、周囲のどの空にも発生した年はなかった。どこからでも、どの空にもみえた。

「けさ、お母さんから電話があったのよ。あなた、切目《きりめ》に寄らなかったのね。取材であんなに近くに行っていながら」

「時間なかったんだ」

母は紀伊半島の南の海沿いの町でひとり暮らしをしていた。何度かの脳梗塞の後遺症で、右半身がうまく動かない。今回、取材で行った中辺路からは十五キロほど北になる。私が寄らなかったのはこちらがふたりだったからだ。

「トオルが殺されて、海に投げこまれる夢をみたって……」

ああまたか、と思う。音信が絶えてもう十五年近くになる私の二つ違いの弟だ。彼は和歌山市で父の跡を継いだ事業に失敗し、三十二歳のとき、妻子を残して出奔してそれきりだ。早朝、母から電話がかかってくるのはきまって、夢でみた最近のトオルの消息だ。母の夢の中で、トオルは自殺したり、どこか知らない町で町長選挙に立候補したり、交通事故を起こしたりしている。夢の中ではろくなことが起こらないのだが、しかし、時とともに私のほうも弟の身にほんとうにそんなことが起こったらしいと錯覚するようになって、それでけっこう不在の埋め合せをしている自分に気づいて愕然とする。

三年前、私が会社を辞めるきっかけになったのは、あるポピュラーな文学賞の受賞だった。それからひと月ほどたったある夜、ひとりの女性から電話がかかってきた。おめでとうございます、といわれ、そのころひっきりなしにかかってきた見知らぬ人たちからのふしぎなお祝い電話と勘違いして、あとはどうせ、賞を取ったとたん質が落ちる人がいるから気をつけろ式の忠告とか、原稿を送るから読んでもらえないかといった申し込みがつづくものと受話器を耳から離して身構えた。

トオルと近しいものだ、といった。あなたのことは新聞でみた。トオルはとてもよろこんでいる。彼は元気でやっている。それだけお伝えしたかった。

　私はいきなり胸が詰まって、応答の言葉がなかなか出てこない。どこにいるのか、とやっと口にした。会いたい、という言葉を噛み殺す。いや、会うのは困る、と考えた。出てきてもらっては困る。いまにして思えば、あれは卑怯な口ごもりだった。しかし、不見得《プチエンドウ》。会ってどうなる。出奔時の、周囲の人間を巻き込んだ、いまでも身もこころも逆毛立つような混乱がよみがえってくる。会いたい、という言葉を押し殺した自分が卑怯どころの話でなく、十五年前、こちらも負けず劣らずルンペン同然で、弟を手伝う気力もなく、彼に襲いかかる勢いのある者らに手をこまねいて、さっさと東京に逃げ帰ったあのころの自分の姿が醜悪なのだ。そういう私が会いたいなどと口にするのは偽善以外のなにものでもない。

　相手は、この電話もトオルに内緒で掛けている、こんな電話をあなたにしたのを知ったら殴られる、と言ってむこうから切れた。由理がそばにいるときだった。誰から、ときかれ、その中身を伝えるのは苦しかった。結婚したのは弟の出奔後だから、由理は母の夢の消息だけでしかトオルを知らない。夫には亡くなった弟がいる、というに等しいのだ。

　そうだ、あのテープの声は三年前にかかってきた電話の声にそっくりだ、と変哲もないコンクリートの小橋の上で思い当った。ただ似ているというだけなのに、胆を冷やした。もう半月以上も雨の降らない、あるかなきかのみすぼらしい水の流れに欄干から目を落した。

「これでも二級河川なんだ」

つとめて明るい声を出した。

「でも、このすぐ先の美立橋あたりからは一般下水道になる。ここからならたぶん一キロ半とないだろうから、水源まで行ってみようか」

以前、テレビでヴォルガの水源というのをみた。広大な森の中に木造の塔が建っていて、中に入ると、塔の底から滾々《こんこん》と水が湧き出していた。今井川の水源がそんなものでないのはたしかだ。付近の丘陵一帯から糸筋のような水が、いつどこからともなくひとつの谷間に集まり、目にみえる溝になり、溝を集めて川になる。こんなちっぽけで貧相な川を相手に、水源まで溯ってみようとする了見にはどこかしらごまかしのにおいがあった。こざかしい、逃げの一手の感じがつきまとう。柔らかでない、開いてゆこうとしない、かたくなな心が先にみえる。

私は橋を渡って、川に沿った小道に入った。由理もあとをついてくる。岸にイタドリやヨモギが生い茂って、中でバッタが鳴いている。三十メートルも行くと、小道は川をはずれ、岸との間にプレハブ住宅や縫製工場がはさまった。どんどん外れてゆきそうなので、川筋を見失わないように、イタドリの列と岸に張った防護金網から目を離さない。美立橋に着いた。さっきの橋と大同小異だ。広いアスファルトの野天の車庫に、回送バスが五、六台駐車している。二級河川はここまで。流れはすぐに車庫沿いにカーブして、いきなり今井街道下の暗渠に入って隠れてしまった。私と由理はひっきりなしの左右のクルマの切れ目を縫ってむこうへ渡る。エッソのガソリンスタンドが邪魔をして、暗渠口がみつからない。脇に杉木立の丘にのぼってゆく間道がある。しかたなく、あてずっぽうに方向はこっちと当りをつけ、すこしのぼって林の中に入ると、かすかな瀬音が響いてきた。一直線の胸突八丁を這うようにして尾根らしき場所に着くと、眼下にV字を刻んだはっとするような澄んだ早瀬があった。杉木立がミズキやクヌギの自然林に変り、腰の高さにはカズラやサンショウが密生している。流れに離れずついてゆくのはむずかしい。小道は流れを遠ざけ、斜降する。明るい疎な竹林をうねりくねりして抜けると、ゆるやかな擂鉢状の畑地に出た。サトイモの葉が風に吹かれて首を左右に振っている。すっかり取り入れの終ったナスやトマトやトウモロコシの葉茎が枯れかかって残っていた。

「ねえ、ちょっと、あのお家《うち》、お母さんのお家《うち》にそっくりじゃない」

由理は私の田舎の家をそう呼ぶ。住んだことがないのだから無理もないが、あれはやっぱり母の家というより、私や私の弟や父の家であって、要するに辻原全体の家であり、お母さんのお家《うち》で済ませられるのはさびしい。私の家であり、由理も含めた、私たちのお家《うち》、ではないのか。

畑の際《きわ》にあるその家は、こんもりしたカイヅカイブキの生垣に囲まれた二階家で、突き出し玄関と、その両側にのびた縁側廊下、右半分に茶色いタイル壁の二階を載せているあたり、私たちのお家に似ているといえば似てないこともない。庭の夏蜜柑の木もそうだ。

「このまえは、トオルとお父ちゃんが釜ヶ崎で暮らしているから、おにいちゃんにはよう捜しに行くように、って朝の四時にかかってきたでしょう……」

足もとに一面ドクダミの白い花が咲いている。田舎の家の周囲にもドクダミがたくさん生えていて、母はそれを刈って、干して、お茶にしてのんでいる。便秘に効くのだという。まっ青な空の一角からまっすぐ青いシオカラが一匹、光りながらおりてきた。

「お母さん、また言ってたわよ。お父ちゃんは死ぬ前に、おにいちゃんのこと、文学なんて、ルンペンになるぞ、てゆうたんやで」

「またそれかい。だけど、おやじ、こうも言ったんだぜ。お母ちゃん、わしが死んでもおにいちゃんがおるさかい、安心や」

そうだ、じつはあのときもトオルはいなかったんだ。京都の大学を中途でやめて、持ち出していた父のクルマを中古屋に売払ってどこかへ姿をくらました。朝日新聞の近畿、中国、九州エリアの順に、父危篤……、と三行の尋ね人広告を出すと、一カ月ほどして、久留米の朝日新聞販売店から通報があった。トオルはその販売店に住み込んでいたのだ。死に目には会えなかった。彼は涙ひとつ流さず、ごく当然のように、父の残した建材商社の跡を継いで社長に納まり、派手な生活をはじめた。

「ほんとうに、おにいちゃんがいるから安心やって、お父さん、言ったのかしらね？」

「わからない。ぼくは聞いてない。おふくろがそう言ってるだけだから。しかし、ぼくにしてもトオルのやつにしても、いまもってルンペンそのものだという気がする。おやじの言ったとおりさ。この意識からは逃れられない」

「トオルさん、吃音だったたって……。ごめんなさい。たしかにトオルさん、どこかで別の女のひとといるのよね。死んではいないのよね。誰かといっしょにいるかぎり、あなただって、トオルだってルンペンじゃないわ。そんなことというの、いっしょにいる人間に失礼じゃない」

　私はうつむいて、いっそう細くなった草の坂道をのぼりはじめた。何万匹ものアブラゼミやミンミンゼミのうなりのすきまに、水の流れを聞きとろうと必死に耳をそばだてながら、トオルの顔を思い出そうとしていた。なかなか浮かばないでいるうち、横合いから榎本偲の顔が割り込んだ。紀伊民報のバックナンバーでいやというほど拝ませられた顔写真だ。偲もひとりのルンペンか。もし、いまいきなりトオルがむこうの崖からとびおりてきて、おにいちゃん、イチ、ニのサンで毒のもうと誘ったら、私はどうするだろう。酔ったトオルが農薬をのもうとするのを止めることができるほどの言葉を、私は持っていないと思う。ひょっとして偲は、それをさして、美しい言葉、といったのではないかどうか。

榎本偲は女房に逃げられた。酔って、火鉢をひっくり返して家を全焼させた。重い肝硬変にかかっていた。釜ヶ崎で泥酔して、行路病者として保護された。昭和五十二年四月二十一日、午後一時半ごろ、高原の榎本竹男をたずね、ふたりで二升近く酒をのんだ。竹男は単車のうしろに偲を乗せて谷をおりた。芝の力店でだしじゃこを肴にのみ、役場の福祉係にからんで、投げとばした。三時三十五分ごろ、ふたりは峰にあらわれ、途中の能城《のぎ》の庭に単車を置き、偲の家の食堂まで歩いてのぼった。五時半ごろ、酔った竹男が能城の家までおりてきて、偲がこわい、いっしょに来てくれないか、と能城の奥さんに頼んだ。断ると、竹男は再び偲のいる食堂へもどっていった。その直後、たぶん五時五十分ごろから六時過ぎの間、ふたりは酒にエンドリンを入れ、のんだ。六時半、再び能城の台所の戸口に竹男がふらりと立ち、ヘンなもんを飲まされた水をくれと頼んだ。

こんなふうに羅列して、いったい何がわかるというのか。家を焼く、父親にＤＤＴ

をのまそうとする、行路病者として保護される、黒板に、千嘉子、許してくれ、と書く、ひとの顔をみると、殺いたろか、とあびせる、福祉係を投げとばす、竹男が一度能城宅におりてきて、偲がこわい、と訴える、いっしょに来てくれと依頼する、エンドリンの入った、強烈な臭いのする茶碗酒をあおる。これらの事と事のあいだをどう埋めていったらいいのか。どだい無理な話だ。どれほど詳細を具体的に、分刻みの事実を採集してみても、やっぱり力店は力店、毒をのむ一瞬は一瞬、黒板の文字は文字で、ひとつひとつ断ち切られ、孤立して、つながらない。火鉢をひっくり返す。福祉係を投げとばす。黒板に達者な字を書く。毒をのむ。これらははたして、心がからだに命じてやったことだろうか。そのように、心がからだにこれをしろ、あれをしろと命じて、からだがそれを実行するものなのか。

そうではないという気がする。心とからだの間には大きなすきまがある。人間が甘いということだ。このすきまを埋めようとして、言葉は発明されるものなのか。心をからだに、からだを心につなぎとめるものとして、美しい言葉が探索される。ちっぽけな臆病な心と、一メートル八十もある偲の大きなからだ。美しい言葉はありません、と偲は娘に向かって書いた。そんな言葉を彼はどうやって絞り出したのか。……殺いたろか。ひとの顔をみると、そうあびせかけてきた、この言葉が、ひょっとしたら心とからだ、事実と事実、人と人とのあいだを埋める……。これが、地上でいちばん美しい言葉などということがありうるだろうか。

「あなた、ほら、あそこに、焚火よ」

由理の声で見上げると、道が石垣について右に曲った先にかなり広い窪地があり、そこから煙があがっている。強烈な日ざしのせいで炎はほとんど色と形を失って、透きとおってみえる。この炎天下に誰が焚火などするのか。あたりに人影はない。そばに水の入ったバケツがおいてあるから、このへんの農家が刈り取った夏草や枝を集めて火をつけたのに違いない。

私は息を殺した。透きとおった、幽霊みたいな炎に、寒そうに手をかざすふたりの大きな男の姿をみた。偲とトオルだ。私は火に近づき、彼らのように手をかざしながら由理を振り返った。

「ヘンなもん飲まされた、と竹男はいったけれど、僕だって中辺路へ行って、ヘンなもの飲まされて帰ってきたという気がするな」

由理は熱さに顔をしかめてすばやく火から遠ざかり、低い崖状の斜面から伸びたヤマザクラの大きな枝の蔭に佇んだ。

私は全身汗みずくになって、それでも火から離れない。まだそこにトオルと偲がいて、私の声に耳を傾けているように思うからだ。

これも地獄か。不見得《プチエンドウ》。老李のひそみにならってつぶやいて、ようやく火のそばから離れ、由理と木蔭に並んで立った。トオルと偲がこちらをみて、笑った。下の脇道から、モンペ姿の老婆が刈り取った草を抱えてのぼってきて、火の上にかぶせるように置く。激しくいぶって、白煙が噴きあがった。トオルと偲の姿は消えた。老婆はこちらに気がつかないようすで、来た道を両手をうしろで組み、腰を屈めておりてゆく。由理が老婆とは反対側に向かって歩きだした。

「水の音がきこえたような気がするわ……。こっちよ」

由理が、見失っていた今井川の尻尾を丘の斜面ぎわの栗林の中にみつけた。普通の一歩でまたぎこせるほどの、もうほんとうにただの溝にすぎない。水の流れはまだある。

「ほんとうに起きたことなのかしら」

「え、何が？」

「中辺路の事件よ」

由理が立ちどまったところで、流れはふたてに分れていた。右てはクヌギの林の中へ、左は梅畑の脇へと延びている。幅も水量もほとんど同じで、どちらが本流とも支流ともつかない。私は思い違いをしていたことに気づいた。水源はひとつ、という考えの愚かさだ。流れというものは溯れば溯るほど幾手にも分れ、それがまた幾手にも分れてきりがない。逆に、河口はどうころんでもただひとつ。

私と妻はふたてに別れることにした。もう本流も支流もない。あとで、さっきの焚火で落ち合おう。このあたりがもう今井町六三五だから、土木事務所のいう水源域にあたる。この先せいぜい百から二百メートルたどれば行き着けるはずだ。特別そこに滾々と湧き出る泉を発見できるとは思っていない。それどころか、最後のところで下水管のようなものに変って、丘を切り崩してできた団地群にまぎれているのかもしれない。

ミズキやクヌギの細かな葉が、上からの強い光で若葉のように薄緑に晒され、震えている。このふたまたの場所は、ふたりが帰ってくるときは合流点に変る。互いに、みてきた水源のようすを報告しあおう。それはきっと、いつかぼくらにとって肥やしとなるかもしれない。そう口にしたあと、私は、とうに四十の峠を越した男が何という甘いことをいうのか、と自分を疑った。まだ伸びて行こうとするなんて、すこしさもしいとさえ思った。

私は背をこごめて梅畑のほうへ入って行った。差し交した枝の下を風が走って、葉っぱが鳴る。梅畑はやがてトマト畑に変った。

畑の土くれをつかみ、握りしめる。屈託をぜんぶこの土くれに込めて握りつぶすもりが、暗灰色のとがった土粒が皮膚を刺して、ふつうのロームより大きいことに気づいた。そうか、これがシルトというやつか。この下にほぼ五メートルほどの厚みで、武蔵野ローム層や立川ローム層が重なるのだ。

武蔵野丘陵の東縁から西の相模台地に接して、このあたりの地形を下末吉台地と呼ぶ。横浜市鶴見区下末吉町付近に分布する暗灰色ないし青灰色のシルトの層に対して命名された。保土ヶ谷砂礫層ともいう。一帯は十二、三万年の昔から数え切れないほどの海進が繰り返されたのち、後氷期に入って海が完全に退き、小さな流れが下流に延長しながら台地を下刻しはじめ、その途中で開析が進んで夥しい数の丘と谷を残した。丘の海抜はせいぜい四十メートル程度。

私は、引越して習い覚えたこのあたりの地形の知識を反芻しながら、何百もの小さな谷のひとつのどん詰まりまで突き進んだ。こうして地形は正確にたどれるが、人間のできごとはすべて不正確にしかたどれない。

しなびて色あせたトマトがいっぱいぶら下っている。収穫された形跡がないのはなぜか。今井川の流れはとっくにつきて、涸れた溝状のくぼみが畑の際《きわ》で終っていた。幅は四十センチほどしかない。丘の斜面からの滲出水が集まってやっと流れるのだろうけれど、この日照りつづきでからからだ。どんなふうにそれが終っているかというと、なんとなく草がかぶさって、なんとなく木の葉や土砂がかさなって、他の地面につながっている。じつに歯切れの悪い終り方で、なし崩しという言葉を絵に描いたようなのだ。その先、ほんとうのどん詰まりは小さな墓地で、村上家之墓と刻んだ質素な墓石が三基と、お盆のあとだからだろう、真新しい卒塔婆が五、六本立てかけてあった。

私は窪地の焚火の場所にもどった。往きよりも帰りを早く感じるとはよく言うが、私はこのとき、三倍も早いと感じた。あれからまた老婆が草を足したのに違いない。草の山は燻《いぶ》りながら大きな、目にみえない陽炎のような炎を、私の胸の高さまであげていた。

由理が息せき切って帰ってきた。顔がひどく青ざめている。

四十度を超えているかもしれない、真夏の炎天下のふしぎな焚火のそばで、由理が肩を震わせながら報告したのは次のようなことだ。


クヌギ林を抜けると、建設会社の資材置場にぶつかった。埋立てたのか、地面が少し高くなっている。溝はそこで直径五十センチほどの土管に変って、資材置場の下にもぐりこんでしまった。だだっ広い地面のまんなかに大きな砂利の山がある。あちこちに鉄の丸棒やコンクリートのこびりついた板が乱雑に積みあげられ、周辺には埃っぽいセイタカアワダチソウが丈高くはびこっていた。今井川がいったいどんな角度で土中を流れ、どのへんで外に出ているのか、皆目見当もつかない。由理はあてずっぽうに入って行った。

砂利の山を迂回し、セイタカアワダチソウとススキを掻きわけ、葉についた土埃を舞いあがらせて進んだ。汗に埃が貼りついてくる。突然、草が途切れて、足もとが一段低くなった。つんのめるようにしてのぞきこむと、ちょうどま下に土管に流れこむ細い溝があり、その先は小さな丘に切れこんだ谷間に入ってゆく。谷には五、六軒の建売ふうの住宅が玄関をバラバラな方角に向けてかたまっている。今井街道のほうから来た、クルマ一台通れるか通れないかの道が、溝と併走しながらくねくねと家々を結んで奥へ向かっている。取っかかりの赤錆びた波形トタン屋根のガレージからバイクがとび出してきた。すれ違いざま、若い男が何か言った。由理はびっくりして、振り返った。轢き殺すぞ、ときこえた。

細い流れが浅い水溜りに変ってしまった。水面をガムシやミズスマシが泳ぎ回り、そのずっと遠くに高い入道雲の先端が映っている。二軒目、三軒目の家の前を通りすぎる。どこもクーラーをかけていて、どの窓も締め切ったままだ。モーターのうなりだけがきこえる。溝の底からショウブやドクダミが生え出る。家ごとに、溝に向かってビニール製の排水パイプが出ている。谷間はうんと狭くなって、もうすぐ行き止まりの気配だ。両側の斜面はミズキやヤマザクラやクヌギの自然林で、樹間はかなり暗い。緑っぽいハンミョウが五、六匹、道に沿って奥のほうへ飛んで行った。アパートらしいモルタル二階建の鉄製の突き出し階段で、猫が五匹もうずくまって眠っていた。

その先が突然ひらけて、畑になる。添木をかったキュウリやトマトの蔓《つる》もの野菜をまんなかにして、シソの赤紫の葉が風にそよぐ。畑のむこう、由理の立っている道ばたから三、四十メートル先の谷のどん詰まりに、小振りな一軒の平家がみえた。庭のガレージに個人タクシーが停めてある。ガラス格子の引き扉玄関を中央にして両側に大きな窓の部屋があり、右側はカーテンもガラス戸もぴったり閉じられているが、左側は開いていて、ベージュの長いカーテンの裾が風にあおられて外にこぼれている。中で夜勤明けの運転手が眠っているのだろう、と由理は想像した。

足もとで溝が消えている。それに気づいたとたん、セミの声が谷間にあふれた。つい五、六メートル手前まであった水がすっかり涸れ、底からナズナやジシバリがはえ、木の葉やゴミが重なる。そのまわりをススキとドクダミが取り囲んで畑の畦につながり、黄色い車体の個人タクシーのガレージまではびこっていた。運転手の家からも土中を通ってビニールパイプの口が、崩れかけた溝の縁《へり》に覗いている。

水源には水がない。由理には意外な発見だった。あの人にそれを言おう。あちらはどうなのかしら。そのとき、パイプの口から白く濁った水がチョロチョロと流れ落ちた。由理は視線をあげ、個人タクシーの家を眺めた。そうか、水源はあの家か、とつぶやいた。一軒の家が水源だなんて、あの人は信じるかしら。

踵を返しかけたとき、視界の端に何かが引っかかった。開いた窓のほうで、人影の動いた気配だ。カーテンが風のせいかどうか、さっきよりうんと縁《へり》に片寄せられ、中のようすがかなりみえる。黄色いポロシャツの男の背中が奥で動く。ちらっと横顔を向けた。六十歳くらいにみえる。男が窓枠の外に消えると、さらにその奥で食器棚のガラスがきらめいた。そこに凭れるようにして坐った女の上半身が白く浮かびあがった。髪を短くして、水玉模様のブラウスを着ている。少女のような感じもするが、目鼻立ちまではわからない。視界にもう一度男が背中を向けて現われ、奥に向かって進む。うしろに回した右手に何か光るものを持っている。庖丁だ。男が低く屈み、それからゆっくり腰を落して坐りこんだかと思うと、右手が前に向かって一閃する。短く、アシカのなくような声があがった。男の突く動作が三度つづく。立ちあがった男は、両手を垂らしたまま動かない。火のついたような赤ん坊の泣き声がした。男の足もとで、水玉模様がうずくまって動かない。

　由理は急いでそこを離れた。いったいいま自分がみたものはなんだろう。小走りから駆け足に変った。猫たちがはげしい勢いで逆の方向に走って行った。由理は、道が溝と別れて今井街道へと向かう地点に立った。あの老人はいったい何をしていたのか。男の脇からのぞいた若い女の顔に、一瞬微笑が浮かんだようにみえた。

　由理はセイタカアワダチソウやススキの林をもう一度、今度は反対方向から掻きわけ、資材置場を息せき切って突き抜ける。赤ん坊の泣き声が耳について離れない。クヌギ林に入ってようやく歩度をゆるめ、ハンカチでひたいと首筋の汗や埃をぬぐった。栗の木が一本まじっている。毬が鮮やかな黄緑で、モモのように柔らかそうだったので指を持ってゆくと、鋭く刺した。

足もとで水が流れている。この流れのもとがどんなところか。そこで何が起きたか。何もかも夢のできごとにしか思えない。……でも、みたというのはたしかだ。それを疑っているわたしがいまここにこうして存在しているのがたしかなら。この理屈、おかしいかしら。

再び駆け足にもどり、何度も転びそうになりながら合流点を跳び越え、斜面を駆けあがって焚火の場所にたどりついた。

汗が全身をとめどなく流れ落ちる。目も開けていられないほどだ。いままでこれほど汗というものを掻いた覚えがない。ふたりは焚火をみつめる。草の山が黒く縮んで、青っぽい煙ばかりが出ている。これでも中はまっかな燠《おき》の堆積なのだろう。

老婆が草を腕いっぱいに抱えてのぼってきた。腰に鎌を差している。どっと草を火の上に置く。一度すっかり火が消えたようにしずまって、それから周縁からもうもうと煙が噴き出した。つづいて、橙色の大きな炎が青空の中に舞った。老婆は腰に両手をあてて背筋を伸ばし、ふたりを振り向いた。

「夏草はね、刈っても刈ってもはえてくる。からだ、あったまりましたか」

光線の感じ

敦子の顔に午後三時以降、太陽があたっていた。男が約束どおりやって来なかったので、窓辺でずっと算盤《そろばん》をおきつづけた。珠算検定試験一級問題集の乗算、除算から暗算、応用計算までの六種目、八十五題をいっきにやりおえる。じゅうぶん習って身につけたことをすると満ち足りた気持になる。暗算がいっとう好きだった。頭の中のがらんとした闇に、つかいこまれた一挺の算盤を思い描き、複雑な四けたの数の乗算、除算をきりもなくおきつづける。答をまちがったためしがない。敦子は高校二年のとき、神奈川県高等学校珠算大会で優勝していた。

頭をカーテンにもたせかけ、しびれた指先を舌に当てたり噛んだりしてあたため返した。目がはれぼったくてちくちくするのは暗算のせいだ。頬やひたいがひりひりするのは光線のせいだ。それはそうだ、まだ九月半ばの太陽だもの。

レースを掛け替えなくちゃね、とカーテンの縁をまさぐりながら考え、自分の声が聴こえたのでびっくりして、頭をまっすぐに起こす。声は窓の外からも聴こえたような気がした。

　この次は、こんなちゃちな花柄でなく、滝のように豪勢なレースを掛けよう。つぶやいて窓際を離れようとしたとき、とつぜん歯が痛みだした。右下の奥歯で、指で押すととびあがるほど痛い。顎の骨や耳の中までひびいてくる。いまのアパートに引越してちょうど半年だが、こちらに来てずっと何も問題はなかった。予告なしの襲撃だった。

　引越したのは、勤め先の信用金庫を平塚支店から相鉄沿線の希望ヶ丘支店に配置替えになったためだ。希望ヶ丘駅は横浜から数えて十番目の駅で、信用金庫の建物は駅前のいびつな半円形広場の片隅にある。敦子はここに通うため、旭区白根というところにアパートを借りたが、下見のさい、かんじんな通勤の足のことより、ミズキの大木が何十本も茂る丘に面した窓からの眺めにうっとりして、ここが電車もバスの便も極端に悪い場所だという不動産屋の説明が耳に入らなかった。不動産屋も悪い。その箇所だけ、聞きのがしても無理はないほど小声の早口ですっとばした。ミズキはちょうど白い細かな花のひらべったい蝟集をいっせいに空に向けた季節だった。横浜の地形は丘陵と、谷に刻まれてきれぎれになった台地ばかりで、やたら坂が多く、平塚ではバス、電車以外はもっぱら自転車で走り回っていた敦子だが、ここではまるで役に立たない。バイクで通うしかない。自動二輪の免許を取ることにした。

男とは二俣川の自動車教習所で出会った。彼はそこの二輪車部門の指導員だった。教室からコースに出て実地教習になると、水を得た魚のように危険箇所の模範走行や急カーブの曲り方をオーバーにやってみせたがる男で、その日の夕方に信用金庫の通用口で待ち伏せされた。ナナハンにまたがった男の背中にしがみついて、箱根ターンパイクを駆けのぼり駆けくだったしびれるような数カ月のあと、敦子は早くも退屈を覚えはじめていた。彼に妻子がいるのも彼女の財布をあてにしているのも、物をたべるとき歯をみせたり肱をついて箸をつかったりというのもがまんできる。男なんてそのあたりでは五十歩百歩だ。しかし、情事のとき、下からや上から、彼女の鼠蹊部や足先の遠くからでも、彼女に向かってしょっちゅう上目づかいをするのだけはがまんならなかった。ひたいの横皺が醜い。どうしてあんなにわたしの反応ばかり気にするのだろう。ふだんはひどく無神経なくせして。

敦子は歯のすきまに風を通す音をたてながら部屋の中を歩き回った。きょうはあいにく日曜だから、明朝、どこかの歯科医院が開くまでこの痛みに耐えなければならない。まだこのあたりは不案内で、歯医者のあてもなかった。勤めの行き帰り、バイクに乗った彼女の視野に入っている歯医者の看板があるはずだ。それを思い出そうとする。郵便局に近い交差点に大きなケヤキの木があって、その下に古い板壁の家が浮かぶ。あれは歯医者だったか、それとも小児科だったか……。まちがいない。看板の歯の字がケヤキの垂れ下った枝先とキスしていた。そういえば、希望ヶ丘駅前の書店の二階もたしか窓ガラスに歯科と書いてあった。セブンイレブンの隣も、途中にすかいらーくのある坂の下にも上にも、ロイヤルホストの二階にもあった。はじめはちょっとはがゆかったけれど、ひとつみつかると次々浮かんできて、横浜じゅう歯医者だらけになりそうだ。

紹介があったほうがいいかもしれない。勝手に金かプラチナを使われて、途方もないカネを請求されるおそれがある。それに、腕のよしあしで治療の痛さもずいぶん違うものだから。しかし、彼女には紹介を頼めそうな人の心当りがない。もっと他になかっただろうか。ぽつんと離れ小島みたいな一軒が浮かぶ。教習所のコースの真向かいだ。コースを囲む高い金網と一本の道路を隔てて建っていて、一階はピロティ式の駐車場になっている。二階の全面ガラス張りの治療室はいつもブラインドがおりていたが、一度いっせいにあげられて内のようすがまるみえになったことがあった。ちょうど男が演説調で叫んでいるときだった。……ドライバーは、自動車に働く自然の法則、つまり走行中の摩擦力、遠心力や速度の絶対支配を無視しての運転は絶対できないのであります。

男は、バイクにまたがった二十人ほどの受講者に語りかけるいっぽうで、ハンドルを握ったまま低い姿勢でぼんやり聞くともなく聞いている敦子にかぶさるように近づき、彼女の手を二本の指先で刷毛のようになでていた。彼からそっぽを向いた敦子の視野の中に、二階の、五つの椅子に坐った患者の姿と、白衣の男が左はじのひとりの顔の上にのしかかっている光景がとびこんできた。

そこに行くことに決めた。椅子に掛けて、こんどは逆に教習所のコースを眺めるのだ。男がきざなしぐさで、威張りくさって教えたり実地教習したりしている姿はきっとおかしくて、治療の苦痛をすこしやわらげてくれるだろう。敦子の記憶では、全面ガラスの上部に大きな白い字で、左巴歯科と書かれていたような気がするが、どうよむのかわからないから電話番号を調べるとなると骨が折れそうだ。最近は予約制の歯医者が多くなったときくが、とにかく左巴歯科へ行ってかけあってみることにする。

夜はほとんど眠れないで過ごした。朝、頰がほてってテカテカになるまでシルクのタオルで顔をこすり、シルク・クリームをすりこんだ。唇に薄く紅を引く。唇だけが自慢だ。ふくよかで形がよい。まんなかでほんのすこし縦に割れているが、商業高校のころ、よく通りすがりに上級生の女にキスされた。二年前につきあっていた男は、唇についてのひとことふたことのあと、彼女の下の部分についてもふれた。あそことここは似るもんだとかなんとか。――彼女はやせぎすだった。百六十センチの丈に体重は三十八キロしかない。鎖骨と寛骨は深い谷間をつくり、太腿と太腿の間にすきまができる。胸は狭い。多すぎるうぶ毛のせいか、頰と唇の上にいつも何かの小さな影が映っているようにみえる。職場で急に人に話しかけられたりすると、身体がこわばる。それが、二、三分つづいて、とつぜん、石を水に投げた音のように我に返る。自分を退屈な女だと思うが、入社してまもなくの研修で、スチュワーデスあがりの講師から、あなたには自分というものがない、と指摘されてはっとなった。ショックだったのではなく、逆に、他人に教えられて、そういう自分だとさとりを開いた感じだった。彼女の美しいところは唇以外にもある。耳だ。クラゲのように透きとおってやわらかい。しかし、これはまだだれも指摘したことがない。

敦子は、健康保険証をバッグにほうりこむと階段を駆けおり、ヘルメットをかぶってバイクにまたがった。痛みを忘れるため思いきり風圧がほしい。とばしにとばした。十五分ほどで着いた。地面から二階まで半螺旋の階段がついていて、ステップのひとつひとつにミッキーマウスの絵が描いてある。扉を引くと、鈴が鳴った。受付に話すと、すぐみてくれるようだ。診察申込用紙を渡され、住所氏名を記入する。いくつかの質問項目があった。妊娠はしていない、アレルギーはない、生理中ではない、健康保険内での治療を希望、というところをマルで囲んだ。

すぐ治療室に呼ばれ、いちばん奥の椅子に坐らされる。ブラインドは全部おろしてスリットをほとんど立ててあるので、採光はおだやかだが外の景色は何もみえない。椅子の背が倒れて、あおむけにされると、スリットの角度で、まだらの青空だけが覗けた。スリットの埃の上で、光が小魚のようにはねている。医者がそばにきた。五十がらみの小肥りの男で、マスクをしている。彼女はほぼ十五度の角度であおむけにされた状態で、痛みの箇所と痛みの程度を訴える。医者の手が口の中に入ってきた。指に毛がある。冷たくしめっていて、やわらかい。

レントゲン室につれてゆかれ、撮影が終って再びもとの椅子にもどると、しばらく待たされる。その間、医者は別の椅子の患者を治療している。レントゲン写真の現像があがると、再び医者がきて、敦子にそれをかざし、奥歯の虫歯を告げ、抜歯と充塡の必要性を伝える。敦子はうなずいた。左側に控えた看護婦が麻酔注射を、敦子の右奥の下歯茎に打とうとする。敦子は息を詰め、まぶたを半ば落して受けた。

歯茎の中に液体が入り、しみこんでくるのがわかる。やがて右歯茎全体と周辺の頰から感覚が薄れてゆく。敦子は、この麻酔を顔の小さな面にだけ限定させておくのはもったいないような気がする。自分の力で、意識以外の体のすみずみまで及ぼすことはできないだろうか。目を閉じ、頭をからっぽにして、肩や指先、足から力を抜き、軽く鼻で息を吸い、ゆっくりすこしずつ口から吐きだす。これを五、六回つづけるうちに、肉のすきまに小さな無数の泡が立ちはじめる。砂の岸辺にやさしく打ち寄せる波のように、麻痺に似た感覚があちこちにひろがり、小刻みに打ち寄せては返す。快も不快も、痛みも何も感じないのだから、眠りより深いといえるかもしれない。彼女の肉体はどこか遠くの、広い原っぱのタンポポやレンゲの咲く地面の下に埋葬される。目を開ける。かぶさっている医者の顔のまわりに、ブラインドごしの光線が暈《かさ》をつくっている。視線をめぐらすと、パレットやハサミや鉢植えのベンジャミンの葉っぱの上で、光が小銭のようなたまりをつくった。それを一心にみていると、まるでそのなかに横たわっているみたいな気分になった。……なんていい気持。その瞬間、へーベルと鉗子がしのぎを削って音をたて、やがて、根こそぎされる歯の悲鳴が全身に伝わった。血が口中にあふれるのがわかる。

だれかがいきなりスリットを平行にした。いっぺんに明るくなって、前方いっぱいに教習所の庭がひろがった。いる、いる。

男が手でつかめそうなほどまぢかにみえる。二十人ほどの若い男女をコースの脇に一列に並ばせ、白地に赤い縦縞のユニフォームに皮の長靴のいでたちで、ジグザグ走行をみせびらかしている。半年前、出会いから胸のときめきを覚えるまで数日とかからなかった。敦子は、使いふるしの手管と知りつつ、シャワーをあびたシャンプーみたいに泡立った。昨日、彼が部屋に来る約束をすっぽかしたのをうらむのでなく、あの男との終りがもうすぐそこにみえた。この恋はとてもあっさりと味気なく、悔いも残さず消えてゆくだろう。敦子はそのいかにも散文的な場面を、暗算で算盤をおくようにはっきり描くことができた。暗算の答に絶対の自信があるように、彼女は自分の恋の結末の予測にも百パーセントの確信があった。そういう確実な予測が立つくらい、毎日規則正しく、つましく暮らして、自分の暗算力の維持と向上をはかってきたのだ。

　窓のむこうを、ゼッケンをつけ、小さなつばのある赤や青や黄のヘルメットをかむった受講者たちが魚のようにスイスイとバイクに乗って横切ってゆく。その先頭で、男が白手袋の手をあげたりおろしたり曲げたりしている。ときおり、体を傾けるリーン・アウトやリーン・インを派手にやってみせる。もし、彼との別れが違ったふうに展開したなら、と敦子は思った。……あの男が英雄のような裏切りを彼女に対して敢行する。たとえば、彼が何かの事情で外国に高飛びしなければならない状況に追いこまれていて、寝物語に敦子に信用金庫のカネの横領をそそのかす。そのカネで香港で何か商売をはじめ、ぜいたくに暮らすのだ。敦子は三年前、クリスマスの香港へ安いツアーで行ったことがあった。

　拒否する敦子に向かって、男は寝物語のたびにそれをくり返す。六度目、男はいっしょに死ぬか横領かどっちかだと迫った。どっちでもいいわ。やってみようかしら、と敦子は考える。七度目の夜には決めている。この男にわたしのすべてを捧げるのだもの。命を渡すつもりになれば、二億、三億のカネなんて安いものだわ。持前の暗算力を駆使して、敦子の頭の中で横領計画は綿密に練りあげられた。偽名で、彼女の信用金庫とオンラインで結ばれている羽田空港周辺の三つの信用金庫に口座をつくる。

大阪の伊丹空港周辺でも同種の口座をつくる。敦子が歯医者の椅子に坐って口を開けている今日は月曜日だから、横領と高飛び実行日を今週の金曜日と決める。金曜の午前は窓口も預金係もあわただしく、その混雑をねらう。男は、その日午後の、大阪から香港行きの航空券を手配する。外国籍の飛行機がよい。

当日、九時三十分きっかり、あけぼの信用金庫希望ヶ丘支店預金係の中村敦子は、それぞれの架空名儀の口座に向けて、あわせて二億三千万円のカネを矢継早に振込む。オンラインのモニター画面に向かった敦子の頭と手は、最難度の珠算試合に挑戦する以上に熱くもえる。その間、十四分十五秒。自分の世界を全部打ちこむ。むこうの世界へ打ちこんで、ここから消えるのだ。すべての作業が完了すると、落着いて席を離れ、係長に歯が痛むので歯医者さんへ行くといって抜け出す。相鉄線で横浜に出る。東海道線に乗り換え、品川でおりるとタクシーを使って、大森、蒲田、六郷の信用金庫を回ってカネを引き出し、羽田から飛行機で大阪へ向かう。タクシーで豊中、伊丹、十三《じゅうそう》の信用金庫からも同様に引き出し、空港ロビーで男と落ち合う。濃厚なキスの味。

キャセイ・パシフィックの軽快なテーマ・ミュージックが聴こえる。ファースト・クラスのシートにゆったり腰掛け、シートベルトを締める。禁煙サインが消える。もう別世界だ。香港島の最高級ホテルの一室での蜜のように甘く、麻酔のようにしびれ、地震のように激しく揺れてひび割れるはじめてのオーガズム。朝、目がさめると男はいない。カネもそっくり消えている。裏切られたのだ。敦子はシーツをくしゃくしゃにして抱きしめ、慟哭する。

「痛いですか」

医者の声がした。口の中には医者の手と、小さな撒水パイプと吸引パイプが入っていて、やかましい音をたてている。敦子の肩は大きく波打ち、涙がとめどなく流れて頬をつたう。医者が心配げにもう一度、痛かったですか、ときくので、敦子はうなずいた。

異国のホテルの一室で、裏切られ、棄てられた自分の姿がまざまざとみえる。むこうで泣いているわたし。でもほんとうに涙を流して泣いているのは、ここにいるわたしだ。まだ現実におきてもいない、しかも金輪際おこりそうにない場面を想像しただけで、こんなに体がふるえ、ほんものの涙がこみあげてくるなんて、いかにもわたしらしいことだ。

まぶたを半分あげ、かぶさっている医者の怪物のように大きな顔のむこうに、教習所で動く人間たちがいる。あの男がまたきどった模範走行をやっている。こんどの金曜にあの男と会うことに決める。別れるのだ。そのときがきたら、いまはこんなに泣いている自分だが、まちがいなく何も感じないだろう。

ダンキンドーナツで朝昼兼用の食事をすませる。まだ麻酔がきいていて、のんだコーヒーが口からこぼれ、ブラウスの胸を汚した。職場に出て、モニターに向かって客の振込みを打ちこみつづけた。特に変ったところはなかった。今朝、このモニターで、羽田や伊丹周辺の信用金庫の架空名儀の口座に何千万単位のカネを次々と振込んだのが嘘のようだった。

係長がやってきて、歯のぐあいはどうかとたずねた。敦子は椅子からとびあがるほど驚いた。信用金庫を抜け出す口実に歯医者を使った、そのことに触れられたと一瞬錯覚した。動揺はすぐおさまったが、自分でも首筋がまっ赤に染まったのがわかった。係長がそれを見逃すはずがない。彼は右手をモニターの角にかけ、左手を椅子の背においで敦子にかぶさるようなかっこうで、今夜すしをたべにゆこうと誘いかけてくる。野毛《のげ》にいい店があるんだ。歯が悪いんなら、赤貝やイカやアワビは避けて、やわらかいネタだけたのんであげる。敦子はキーボードをたたく手をとめ、指の甘皮を押しもどしながらぼんやりと聞いていた。この男はふた月ほど前、夜遅く、酔って敦子の部屋に押しかけてきたことがあった。しかたなく上げて、しっけたほうじ茶を淹れて出し、彼女自身は部屋の隅に体を押しつけて立ったままいつまでもそこから出てゆかなかった。男は酒くさい鼻息を吐きちらし、メガネをはずしては拭きはずしては拭きし、タバコをまるまる一箱吸いつけ、最後にうらみのこもった卑猥な言葉を捨てぜりふにして帰っていった。どこかの安バーで酔って欲情した身を持て余して、卑劣にも部下の部屋にころがりこもうとしたのだ。

「かたいよね、きみは。うん、かたい。だからぼくがモミモミしてやるからさ」

二本の指で、敦子のまだすこし麻酔のしびれの残っている頰をいらだたしさをこめてさわる。

もしわたしが、と敦子は下唇で美しい上唇をかくしたままつぶやいた。わたしが二億三千万のカネを横領し、それが決して取り返せないほど遠くに運び去られてしまったことを知ったときのこの男の泣きっ面はみものだわ。卒倒するかもしれない。

再びキーボードで、回ってきた振込伝票の金額を打ちこみはじめ、途中でふり返って係長をみあげた敦子のまなざしには男に対する真率なあわれみがこもっていて、相手は一瞬たじろいだようすで、ネクタイの結びをぐいぐいやり、咳払いでごまかし、ソロバン女め、と舌打ちして遠ざかった。

七時過ぎに退《ひ》けた。通用門で係長が待ち伏せしていた。無視して、ぐいぐい歩き、バイク置場からいつもより乱暴にとびだした。坂道商店街の果物屋で、青味がかって水気たっぷりなマスカットの小箱をひとつ買い求める。アパートの一階に住む榎親子のところに寄った。

「こんばんは。フーちゃん、ほら、マスカットよ」

食事をおえてテレビに向かっていた房夫が立ちあがって、こっちにゆっくり歩いてくる。大家にこっそり飼いはじめた小犬のポケを、胸に抱いている。母親が追いかけるように台所からやってきて、マスカットの小箱を受け取り、礼を述べる。房夫はにこにこしながらポケの足裏のバラ色のイボをいじくっている。敦子も手をのばして足にさわろうとすると、ポケがほえて咬みついてきた。敦子は、房夫の歳がいくつなのか知らない。どうしたきっかけで親子ふたり暮らしの一家と仲良しになったのか、特に思い出せることはない。ある朝、三階からヘルメットをかぶりながら駆けおりてくると、ちょうど親子がどこかへ出かけるところに出くわしたので、彼らが同じアパートの住人だと知った。二、三日後の退けどき、坂道商店街の下のほうを歩いている親子の背中をみつけた。房夫は踊るように歩き、太い首筋が左右に揺れている。追いつくと、バイクからおりて声をかけ、いっしょに歩いて帰った。房夫をみていると、彼とはずいぶん昔から、二十年も三十年も昔から、敦子が生まれたときからきょうだいのようにいっしょにくらしてきたような気がすることがある。ということは、房夫の年齢はもう三十歳なのだろうか。

「アッちゃんさあ、ぼくは病気だからオートバイの免許はとれないんだ。でも、病気でもオートバイに乗れるような世の中がいつかくるんだ」

「そうよ、フーちゃん。いつか世の中、変るもんね。きょうはどうだったの？」

「タカシくんとユカちゃんとトモとノブさんとで家を建てたんさ」

「すごいね、すごい。どんなお家?」

母親がしきりにあがれと手招きするが、敦子は玄関の床にすわったまま動かない。

「廊下ばかりの家さ。廊下がぼくは好きだからね。ノブさんはトイレなんだ。だから、トイレばかりの家を建てようとする彼とちょっといろいろあってさ。多数決で廊下になったの。ユカちゃんはクロゼットだらけの家にしたかったらしいけど。アッちゃんはどう?」

「あたしは、なんにもない、がらんどうのお家がいいなあ。建ててくれる?」

「いつかね。金庫のほうはどうだった? きょうも忙しかった?」

「わたしね、きょう歯医者さんへ行ったの。きのうからすっごく痛くて」

房夫と母親が顔を並べて心配そうなようすになる。

「でも、もう大丈夫。神経、えいって取っちゃったから」

房夫が思わず自分の頰に手をやって、顔をゆがめ、ひどくおびえた表情になる。

「フーちゃんは平気よ。痛いのはわたしだけ。フーちゃんはちっとも痛くないのよ。安心、安全。痛みはうつらないのよ」

ポケを抱いた房夫の二の腕をぎゅっと握ってやる。母親が、おもたせだが、と洗ったマスカットをガラスの器に盛って出してくれる。敦子は痛み止めと化膿止めの薬を思い出し、マスカットをたよりに水をもらってその場でのむ。

こんどの日曜日、二俣川のこども自然公園へ三人でピクニックする約束をして、敦子は立ちあがった。その拍子に、この親子とピクニックどころか、もうこれきり会えないのだと頭の半分で考え、涙がこみあげそうになってこらえた。房夫に涙をみせるのは危険だった。彼は、涙をみると、発作を起こしてしまう。

その夜、また歯の痛みがぶり返した。神経が取りきれていなかったのだろうか。小刻みにさめたり眠ったりのくり返しで、朝になると痛みはひいていた。左巴歯科に寄った。左巴はサワとよむ。診察券にそうカナがふってあった。

ブラインドのスリットは上向きに閉ざしがちで、細いおだやかな光線がスリットの数だけさしこんでくる。医者は、歯のかみ合わせについてながながと講釈を垂れた。かみ合わせが、足の爪先から頭のてっぺんまで、健康のすべてを左右するとかなんとか。歯ぎしりをするか、ときかれ、敦子がきょとんとしていると、まぢかでそれを実演してみせた。さあ、と敦子が首を傾げると、こんど同居人にでもきいてごらんなさい、と医者はいって、窓に視線をやった。教習所の庭はブラインドにさえぎられてみえない。複数のバイクのエンジン音だけがかすかに聞こえてくる。そうだわ、と敦子は思いあたった。この男にわたしはとっくにみられていたのね。

信用金庫には一時間遅れて出勤した。係長は自席周辺をうろうろしていて、きょうのところは近づいてつきまとう気配をみせなかった。

別れは予知どおりやってきた。敦子は何も感じなかった。一滴の涙も流れない。指導員の男は、借りたカネを返そうかといった。敦子は信用金庫の自分の口座番号を紙きれにメモして、何もいわず渡した。ここに振込めばいいんだな、ともぎとるようにし、妙になまぐさい息を敦子の首筋にかけて出ていった。そんなのいいわよ、という答を期待したのに違いない。

一週間、敦子は静まり返った。信用金庫を休み、歯医者にも通わず、下の親子とのピクニックもすっぽかし、ドアの外からの呼びかけにも応じず、電話にも出なかった。珠算一級検定の試験問題集を一回から十五回まで何度も折り返し、ほとんど何もたべず、たいていぼんやり窓から外を眺めてすごした。男のことも思い出さない。暮れがたの下の道で、作業衣姿のふたりの男がボールのないキャッチボールをやっているのをずっとみていた。最後はすっかり暗くなったが、彼らはまだ続けていた。その夜はよく眠り、シャドーキャッチボールをそのまま夢にみた。

晴れている。雲の流れが静かに溶けていた。ミズキの林が風に揺れている。しかし、あまりにもゆっくり、やさしく静かに動くので、ほとんど、葉には意識があって自分自身で揺れているようにみえる。てっぺんに、なぜか一枚の葉っぱだけとび出していて、はげしくふるえている。木と別れ、葉柄もなく、自由きままに生きている。天気が崩れ、雨が宙をみたしてゆくのを体じゅうで感じ、夜の深い眠りの中にその雨をふりしきらせた。

八日目の朝、

「ご破算で願いましては！」

と声に出して起きあがると、身じたくを整えた。久しぶりの出勤だ。歯の治療も再開する。

最初の日と同じ奥の椅子に坐らされた。ブラインドはおろされ、スリットはすっかり閉じられている。医者がきて、紙の前掛を首に回してかけてくれる。

「おや、こんなところにホクロが」

と医者は指先で敦子の首筋に軽くふれた。椅子の横合いからぐいぐい体を押しつけてくるので、敦子は相手の腹が呼吸につれてふくらんだりへこんだりするのを感じることができる。臓腑の鳴る音もきこえた。

「歯ぎしりするかどうか、きいてみた？」

敦子は黙ってぴくりとも動かない。医者の指が二本入ってくる。ふしぎななつかしさを覚えた。誰かがスリットを心もち開く。教習所のコースがみえる。いる、いる。指導員のバイクを先頭に受講者たちが並んでジグザグ走行をやっている。敦子は口を開いて、目を閉じた。

空想の場面を再び生きはじめる。香港のホテルにひとり取り残されて途方に暮れているところだ。十日前は未来についての脚色にすぎなかった。それがいま、回想の中で、あの事件は実在の固さと重さと輝きを持った。あの朝に、もう涙は出つくして、いまは一滴も残っていない。こんどはそこから先を展開しなければならないだろう。敦子はひとりさびしい裸体をもたげ、シーツを投げすててはねおき、ベッドからとびおり、急いで身じたくすると、男の行方を追いはじめる。ベル・ボーイが男の行き先をほのめかす。敦子はベル・ボーイを体で買収することに成功する。しかし、聞き出した男のアジトにたどりつくと、そこはすでにチェックアウトしたあとで、フロント係は新しい情報をちらつかせて敦子にせまる。

敦子はバイクを駆って、坂の多い街、なにしろ坂だらけの香港じゅうのホテルを、男を追って転々としたあげく、売春組織に売りとばされる。

日本からの売春ツアー一行がやってきて、指定されたホテルの部屋に行くと、そこにあけぼの信用金庫希望ヶ丘支店預金係長がいた。男は寝物語に、やっとおまえをみつけた、横領した二億三千万を返してくれ、と哀願する。わたしもやっとみつけたわ、と敦子はつぶやく。いま、わたしにかぶさってこようとしているこの男が、自分がずっと追い求めていたあの男でもあるんだわ。

そのとき、歯茎の底に何か鋭いものが当った。敦子ははねあがった。まぶたを半ば開く。ブラインドごしに、コースで赤いヘルメットの指導員が笛を吹いたり、両腕を曲げたり伸ばしたりしている。バイクにまたがってハンドルにかぶさり、速度をあげてはげしいコーナリングをはじめる。敦子は妙なことに気がついた。コースにいるのは指導員だけで、受講者の姿はどこにもいないのだ。指導員の練習日なのかしら。敦子のそばで医者の息づかいと臭いが強くなる。S字コースでリーン・アウトの体勢に入った指導員が転倒しそうになった。……あれはむこうでもあるけれど、こっちの男でもあるんだわ、と敦子は目のすぐそばまで近づいてきた医者の、巨大で焦点のずれた顔をみてつぶやく。

口の中に指が入ってくる。敦子は渾身の力を顎と鎖骨にこめた。医者の悲鳴が響きわたった。彼女の歯が男の骨に当る。血が口中にあふれ、噴き出した。だれかがスリットをいっせいにひろげたらしい。光が滝のように落ちかかった。

緑色の経験

をとこもすなる日記《にき》といふものを、をむなもしてみむとてするなり、と紀貫之は女の筆に仮託して仮名文日記、『土佐日記』を綴ったが、生憎、僕には日記をつける習慣はない。その代り、日付けのない雑記帳がある。コクヨB5判の中縦罫Ｃａｍｐｕｓ　ｎｏｔｅｂｏｏｋｓ百枚綴だが、名付けて「ガーデン・プロット」。昔、庭師になるのが夢だった。その名残りというわけ。いま僕が書きつけている「ガーデン・プロット」はちょうど七冊目になる。なぜ自分用の覚書にわざわざこんなことを断る必要があるのだろう、と自問する、と僕はわざわざ書く。はなからだれかに読んでもらおうという魂胆があるみたいだ。たしかに、あるといえばある。ないと思えばない。

僕はたったいまある女性と会って帰ってきたところだ。書き留めておかずにはいられないから急いで書く。新宿のいきつけの、歩道からじかに階段をおりる地下の小さなカウンター割烹の店だった。……僕は白木のカウンターからはっとなって顔をあげた。うとうとっとしたのかもしれない。

「何の話だったっけ？」

口もとのよだれを照れ笑いで拭いながら、右隣に向かって声をかけた。

「緑色の経験は緑から全く区別できない、そこまでおっしゃったわ」

僕の新しい担当になった女性編集者が、ボブヘアを顔の周りに散らしてこちらを振り向いた。それにしても急な交代だ。柿内君とは三年ごしうまくやってきたのに、どんな事情か知らないが、この交代はひどく不自然な気がする。しかし急なわりに引き継ぎは上手に行われていて、柿内君とこの女性との打合せの呼吸に乱れや途切れた感じがまるでないのはみごとだ。そうだ、緑色の経験は緑から区別できない、というヒュームだかだれだかの言葉を僕が口走ったのをとらえて、それをキーワードに何か長めのエッセーをというのが柿内の注文だった。締切はとうに過ぎている。というのに僕はまだ何も書き出せないでいる。まさか原稿の遅れが交代の原因ではあるまい。いまそれを引き継いだ女性が、氷をグラスの内側に当て、カチンコチンと音をたてながら、緑色の……と繰り返し念仏のように唱えている。たしかこれはこのあと、こんなふうにつづくのだった。——自然とは真にそう見えるがままのものであって、それ自身の権利で存在しているわけでなく、そこに、それをみている精神によって作り出された物である。なぜなら、作り出されたものだけが真に存在するからだ。物質的特徴は、ある精神的徴候のまことしやかなみせかけにすぎない、と。精神は物化するというやつだ。幽霊も石ころも真に存在する。と同時にまことしやかなみせかけである。

「こんな御託を並べてもつまらないねえ。マシュマロみたいに、柔らかくてふかふかして、ちょっぴり歯ごたえのある、それでみんなをこわがらせるような奇譚のひとつでも……」

僕はなぜか落着かない気分で、ウィスキーグラスをカウンターの上で前後に動かしつづけた。

「大雪山のSOS木文字遭難事件、ご存じ？」

彼女の水割りウィスキーの中で、大きな氷のかたまりがひとつくるっと回転した。店はいつのまにか板さんと僕らだけになっている。僕はさっきからこのわただけをたよりに水割りを飲んでいる。変なとりあわせだ。

僕はだいぶ遅れて彼女の問いにうなずいた。

「どのへんまでご存じなのかしら」

あれはたしか三年前の夏だったかな。大雪山系旭岳の中腹で、白樺の風倒木でつくったSOSの文字をヘリコプターが発見した。現場を捜索すると、SOSのそばで遭難者の遺留品と人骨がみつかった。死後四、五年経過していたが、遺留品のカセットテープには、SOS、助けてくれ、と男の肉声が入っていた。ところが、人骨は女のものだった。僕はうろ覚えを手繰りつつそこまでしゃべった。知っていることもそこまでだ。

「あれ、けっきょく、そのあとどうなったの?」

「リュックやカセットテープなどの遺留品は、一九八四年七月、大雪山で行方不明になっていた名古屋の男性会社員のもので、SOSを作ったのも同じ人だったわ。でも、SOSのすぐそばでみつかった骨盤や頭蓋骨は女性のものでした。そこまではご存じね。骨盤ですけれど、あれって、男は三角形で女はまぁるくて幅広《はばびろ》なんですってよ。しかも、女のものには、男にない岬骨《こうこつ》というのがあるんですって。卵巣や子宮をおさめるのに必要なお骨」

「その遺骨には、岬骨があったわけ?」

「ええ。女性の身元は全くわからなかったの。年齢は二十五から三十歳、死後一年から三年というのが旭川医大の鑑定でした。血液型はA型。名古屋の男性はO型」

「男は遺留品だけ、女は遺骨だけか」

「いろいろ推測されたんですが、女性は全く別の機会にSOSの現場に迷いこんで遭難したとか、別々に登山中、どこかで知り合って一緒に行動し、迷ったんだろうとかいろいろありました。でも、これじゃ何の説明にもなりません。男の遺体は雨などの増水で流されたか、ヒグマやキツネに食べられたんだろうといわれましたが、それならどうして遺留品だけそっくり残ったのか。女性のほうは逆になぜ遺骨だけ残って遺留品が全くないのか。増水やヒグマのせいにはできませんわ」

「それ、ひょっとして男が食っちゃったんじゃないかなあ。いや、逆か。女が男を食ったんだ。……違うな。わかった、男が女を殺して逃げたんだ。木文字のＳＯＳもテープも偽装だったんだよ」

あきれた、といった表情で女性編集者が首を立て続けに振る。僕はこのわたしに割箸の先をひたし、それを舐める。舌を鳴らして、叫んだ。

「わかった！　遭難現場に、男と女のふたりがいたと考えるから袋小路に入っちゃうんだ。ひとりしかいなかったというのはどう？　その男、じつは女だったんだ」

「いい線いってるわ」

女性編集者が、胸の前で小さく手を打ち合わせた。僕は胸をそらせた。

「うん。その名古屋の人はもともと女に生まれついたのに、男として生活してきたんだ。だけど待てよ。血液型が違うか……」

女性編集者が、カウンターの縁《へり》に這わせた二の腕に顎をのせ、首をねじって下からいたずらっぽく僕をみあげる。

「血液型はさておいてですよ、男は大学を出て一流メーカーの会社員としてやってきた。二十五歳まで、中身は女で、そんなことが可能でしょうか」

「まず無理だな」

「でしょう。けっきょく、捜索も捜査も、SOSの発見から十一日目の八月四日に打切られちゃったの」

　僕は十分興味をそそられはしたが、彼女がいったいなんのためにこんな話を持ち出してきたのかけげんだった。緑色の経験はどこへ行ったのか。

「ところが、それから一年半もたった九一年の二月になって、いきなり北海道新聞にこんな記事が出たの。骨盤の血液型は当初A型とされたが、再鑑定の結果、名古屋の男性社員と同じO型と判明した。なぜA型とされたかというと、長期間、風雪にさらされて骨髄の血液物質が流出し、血液型が変化したためですって。それで、警察は人骨も名古屋の男性社員のものと断定したというんです。遺族が遺骨を引き取って荼毘に付し、名古屋に持ち帰っちゃいました。でも、骨盤が女性のものだったという事実は変らないいんだわ」

「それなら、さっきぼくがいったことがどんぴしゃりじゃないか。血液型は一致する。彼はやっぱり彼女だったんだ」

　女性編集者は唇のはじに舌先をわずかにのぞかせ、ほほえみながらかぶりを振る。彼女の打算はいったいどこにあるのだ。柿内との引き継ぎをこんな話でうやむやにしてゆくつもりなのか。

「男に遺留品あって、人骨なし。女に人骨あって、遺留品なし。遭難時期ほぼ同じ、血液型も同じO型、身長約百六十センチ前後。同じ、同じ、同じ。でも男と女、でもひとり……」

　僕はいいかげんうんざりして、さえぎった。

「謎めかすのはよしてくれないか。謎は単純なのにかぎる。ポーをみたまえ」

「盗まれた手紙ね」

「そう」

「でも、人間は単純でしょうか」

　女性編集者がにやりとして、舌端で唇のはじを弾いた。

「そうか。きみはもうこの謎を解いているね」

「解かずにいられましょうか」

「謎解きは謎に劣るというからね」

「おっしゃいますが、謎解きが謎より神秘的ということはございません?」

　小ずるそうなまばたきを繰り返した。僕はウィスキーグラスを目の高さに上げ、それを楯にして縁から彼女を観察した。意外と整った顔つきをしている。腰は広く、胸はほどほどにとんがり、肩から首筋の線がしなやかにうぶ毛の新しい耳たぶにつながっている。そのとき、僕は、この女とどこかで会ったような気がした。いつ、どこでだったろう。柿内とはもうデキているのだろうか。

「解かずにいられましょうか」

もう一度、彼女は勝ち誇るようにいった。その声にも聞き覚えがある。急に彼女自身が謎めいてみえた。――彼女はひとつの謎だったが、謎めいて自分の解を所有していたのである、とキルケゴールは『誘惑者の日記』の中で書いている。彼女はひとつの謎だったが、それを解く言葉ほど美しいものが世にあろうか？　と続く。女の声が響いた。

「一九八四年七月十一日、その男性は黒岳から入山して、北鎮岳、旭岳を経て旭岳温泉へ下るルートで、稜線を南下中に迷ったのだろうといわれています。たぶん濃いガスが出ていたのでしょう。旭岳直下の金庫岩を曲り損ねて、丈が三メートルもあるクマザサの群生と小沼の点在する融雪沢に入ってしまった。出ようとして動き回れば回るほど迷いこんでしまう、そんな場所らしいんですの。山登りには、タバコを吸わない人でも必ずジッポーを携行するのに、かれは何も持ってなくて、煙も上げられない。……かれったら、アニメ・マニアだったらしく、遺留品のカセットテープは五本ともテレビアニメの物語や主題歌ばっかり入っていたそうよ。二十五の男がよ。迷っても、かれ、それほど事態を深刻に受け取っていなかったんじゃないかしら。だってテープの中の助けを求める声だって変だと思うの。エス、オー、エス、タスケテクレ、ガケノウエデミウゴキトレズ、ササフカクテ、ウエヘハユケナイ、ココカラツリアゲテクレ。だれがいったいこの声を聞くというのでしょう。ココカラツリアゲテクレ、ですって。ヴォリュームいっぱいにしたってヘリに届くはずがないわ。ＳＯＳの一文字の大きさが縦五メートル、横三メートルもあったといいます。それも白樺の風倒木ばかり集めて。屈強の男でも二日はかかるだろうって。そんな力を、どうして現場から脱出する方に振り向けなかったのかしら」

そのとき、紺の小さなのれんをくぐって店にだれかが入ってきて、女性編集者は言葉を切った。のれんには白い字が染抜いてある。板さんのあしらいぶりではこの店の深いなじみらしいが、僕の知らない男だ。のれんのすぐかかりのカウンターに坐り、ビールをあける。上で水道管が破裂してね、と小声で板さんに話しかける。水が五、六メートルも噴き上って、見物してたらしずくがほらこんなに。ひさしぶりにみたねえ、あんなみごとな噴水を。そういえば、近頃はとんと噴水をみかけなくなりましたね、と板さんが応じる。むかしはあちこちでシューシュー噴き上ってたけど、さっぱり聞こえなくなった。どうしたんですかねえ……。

僕はのれんが視野に入ったせいで、柿内の面白い癖を思い出していた。のれんをくぐるとき、彼は必ず右手の中指に交叉させた人差指でそのはじを弾くのだ。粋なしぐさのつもりでいる。

「そのＳＯＳはね、きっと鉄腕アトムの『イワンのばかの巻』だよ」

と僕はいった。

「アトムの乗った宇宙船が故障して月に不時着するんだが、アトムが月の表面に木でSOSの文字を組んで、地球に救助を求める場面がある。かれ、月面にでもいるつもりだったんじゃないの？」

「そうなの。かれ、鉄腕アトムきどりでいたんだわ。自分が絶体絶命のピンチに立っているという認識がとても稀薄。そのあと、SOS木文字の北側五十メートルほどに大きな松の木があって、その根方のウロに入って救助を待っていたみたい。きっとそこで、アニメのいろんな場面やら主題歌を聴きつづけたんだと思うわ」

「たぶんね。だけど、山で遭難したら、人間、せいぜい生きて一週間だというからね。それにヒグマも出るだろう」

「ええ、ですからかれもさすがカセットテープばかり聴いていられなくなった。空にはヘリの機影のかけらもない。クマザサも沼も山腹のしたたる緑も空も、自然は何もかもかれを閉じこめる壁としか映らない。アニメはもう聴きあきた。目を閉じて何か考えよう。このまま死んでゆくのだとすれば、これまででいちばんやりたかったこと、だけどじっと抑えつけてきた夢を解き放って、それに思いを凝らしながら死んでゆきたい……」

　僕は最後のところで、彼女の声が微妙に震えを帯びたのを聞き逃さなかった。

「……かれ、七、八歳のころ、こっそり母親のシルクのワンピースを着けて押し入れに閉じこもったことを思い出すの。軟らかくてくすぐるようで、手に握りしめられないほどなめらか。耳もとをかすめる微風のような衣ずれの音……。ああ、どんなに学校の女性トイレに入りたかったことかしら」

僕は驚いて、彼女の肩に手を置き、軽くゆすった。

「いましゃべっているのはきみかい、それとも名古屋の男かい？」

「シーッ、お静かに。もちろん名古屋ですよ。かれはデパートの試着室に入って、スーツを脱ぎ捨て、レースのショーツとパンストをはきます。下腹部がぎゅっとしまって苦しいくらい。スリップ、ドレスをつけると、こんどは太腿や腰、股間がなんだかそのまま空気にさらされているようでとても不安なの。かれ、街に出ます。かれ、いえ彼女は男と寝ます」

「コマ落しだね」

「女になったつもりで、かれは自分の生涯を、二十五、二十四、……十五、十歳と逆にたどり直しはじめるの。もう雨がふっても、風が吹いても、ヒグマがほえてもキツネが鳴いても、一心に凝らした空想だけが唯一の現実だわ。十八歳のときの処女喪失、じつは、これはかれが童貞でなくなったときなの。胸の小さなふくらみ、初潮……、かれは小さな女の子になってゆく」

「うん、たしかに進化的にいうと、人間は女がベースで、男はそこから派生してきたものだというから、逆もどりは自然なことかもしれないな」

「そうですわ。それに一心に思いを凝らせば、その思いが自然を動かすってもんよ」

女性編集者の声が妙にひびわれ、いけぞんざいに響いた。僕はここに至ってやっと、彼女が、緑色の経験は緑と全く区別できないというテーゼの文脈で、この遭難事件についてしゃべっているらしいのに気づいた。愛と憎しみほどかけ離れたものはないのに、愛が憎しみに変ることはたびたびだ。労働は商品に、商品は貨幣に、貨幣は資本に姿を変える。くたびれはてたセールスマンは、ある朝目がさめると、自分が一匹の毒虫になっていることを知る。絶体絶命の時と場所でなら、思いひとつで男が女に変身できないはずがない。

「先を続けてよ。それで自然は動いたのかい」

僕はわくわくして彼女をうながした。

「かれは何度も自分の生涯を女としてたどり直すの。男とのセックスだって、いろんな相手と手を替え品を替えてやるのよ。でもあるとき、女同士でのほうがよほどいいってことを発見するんだわ」

「それ、なんだかきみの好みのようだけど」

僕は半畳を入れた。

「で、いったいかれ、いや彼女はまだ生きているのかい」

僕はすっかり彼女の話に引きずりこまれていた。もちろん、しゃべっているのがチャーミングで、ちょっぴり謎めいた女性だということもあるが。

「せかさないで。ちょうどいま、死ぬところよ。そうね、たぶん、土手のスカンポの茂みの中で、お医者さんごっこの最中にこと切れるの。すると、意識はタッチの差で脳から骨髄に跳び移るの。このとき、コンマ何秒かでも後れを取ると、意識は跳べなくて、そのまま消えてしまうことが多いのだけれど、彼女はとにかく骨の中に生き、まだ考えが途切れない」

さっきからときどき気になっていたけれど、彼女の口調にやっぱり聞き覚えがある。僕も興奮していたことはたしかだが、それでも彼女の言葉のはしばしに柿内の影響を感じ取るぐらいの冷静さはあった。彼女のしゃべるのを聞いていると、もはや彼女を挟んで恋敵になってしまった柿内の口調が感じられてひどく不愉快になる。かすかな栃木なまりの名残り、語尾をちょっと下卑た感じにはねあげる。よほど深くなじまなければ、女は男にこうは染まらない。嫉妬が鋭く僕の胸を刺した。女性編集者は、グラスの縁を唇に当てながら先を続ける。

「やがて、死後硬直のやすらぎが四肢や耳にあらわれる。青、赤、暗緑色の死斑が浮かぶ。皮膚が水ぶくれになり、ウジがわき、目はとび出し、舌が口から突き出てくるんだわ。ヒグマが腕を食いちぎる。でも彼女は骨の中で頑張る。歯をくいしばって頑張るの。すると、みて、みて、みて！　陰茎の裏の縫目がほどけはじめるのよ。それが開いて、海綿体は押しこまれ、亀頭だけがクリトリスとして残るの。陰嚢がヒラヒラした陰唇に変化し、膣がうがたれる。これらの変身は、いいこと、あなた、彼女の腐敗と並行して進むの。眼球が溶ける。……彼女は最後の仕上げに入る。……子宮を宙に思い描き、……それをほしいと念じる。すると……骨盤がゆっくり、まぁるく、広がり、岬骨《こうこつ》が生まれ、……あたしは、岬骨に……宿り、消える」

最後のところは修辞的な間で強調され、聞き手をこの淫靡な世界に引きずりこもうという意図がみえみえだった。彼女は、もうこの話を何人もの人間にしゃべったことがあるのだ。僕はうんざりしていたし、吐気も覚えた。

いきなり彼女は立ち上がると、ふしぎな目つきでこちらをじっとみた。僕は、なんだか魔法で動物の中に閉じこめられてしまった人間の目を遠くからのぞきこむような気がした。彼女はすばやく身を翻して戸口に向かい、交叉させた人差指でのれんのはじを弾いて、姿を消した。

僕はやっと事の次第をのみこんだ。担当編集者の交替などなかったのだ。

……ミス柿内の身におきたことって、かなしむべきことなのかよろこぶべきことなのかわからない。名古屋のをとこはおもいをぎゅっとひとつにこらして、をむなになって死んでいったけれど、柿内くんはおしゃべりが過熱しちゃって、生きたままみどりになったのだ。いまこうして、ミス柿内くんのしゃべったことをガーデン・プロットⅦにかきつけているいすのうえで、ああ、こしがみょうになまあたたかく、むずがゆい、ほねがきしむのね。あら、なによ、この文章。あたしったら……、こまるわ。

塩山再訪

どこかへつれてってよ、とせがまれ、たいした考えもなく電車にとび乗った。十一月三日は祝日で、有子と一夜を過ごしたホテルのベッドの上で聴いたラジオは、五十年来、この日、東京の快晴率は一〇〇パーセントだといっていた。ちなみに札幌は九八パーセントとか。福岡八五パーセント、大阪九二パーセント。名古屋、仙台については聞き逃した。

きょう、私たちはまだ外の光を拝んでいない。このホテルの窓は、引き違い障子を開けると鏡が一面はめこまれているだけなのだ。……あそこはどうか、何パーセントなんだろうな、と何気なく私はつぶやいた。どうやらそれが声に出たらしい。ソファーテーブルに片足のせてストッキングをはいていた有子が耳ざとくふり返った。しかし、自分がどこの土地のつもりであそこといったのか、私はとっさに思い返せなかった。ひと呼吸置いて、べつに、と私は答えた。そのときは思い出していたけれど。

私たちはいっしょに過ごした夜が明けると、双方ともできるだけいそいそと別れるのがつねだった。一夜がまた消しがたい悔いをひとつ重ねただけのようで、どうしてあれほど淫乱になれたのか歯がみしたくなるほどだ。その悔いが薄れ、もう一度会いたくてどうにもならなくなるまでの気分の昂揚を辛抱強く待たなければならない。それが半月かかることもあれば、ふた月、いや半年に及ぶことさえあったが、きまって有子のほうから先に会うのをせがんでくることになる。私のほうがいつも一歩後れを取った。オスとメスは行為のあとはともに神経活動が低下するが、メスのほうが回復が早いという動物実験結果がある。性欲中枢である脳の視索前野に、オスのほうが活動を抑制する物質が多いらしいのだ。そういうものの本からの半可通をひけらかして、有子にとてもいやな顔をされた覚えがある。

どこかへつれてゆけ、なんて有子が口にしたのははじめてだった。だいたい私はふだんからしてほとんどあいまいな物言いをしないほうなのに、不用意な、あそこ、という言葉が有子の旅心を誘発してしまった。私は苦々しい気持を押しかくし、素知らぬふりでいつものように山手線を右と左に、つまり私が内回りに、有子が外回りに乗って別れようとした。腕を有子がつかんで放さなかった。

私たちは行くあてもなく、L特急かいじ107号に乗った。いや、あてはあることはあった。ラジオのおしゃべりな天気予報につられて、私が口にしたあそこだ。そこは、まさにこの中央本線特急の停車駅のひとつだった。もちろん、偶然の一致にすぎない。偶然はすべて起ってみれば必然の糸でつながっている。かいじにとび乗ったのは有子の旅心だが、それは私のあそこという言葉が誘発したもので、そもそもラジオが十一月三日という特別な一日の天気を五十年もさかのぼって云々し……、要するに私たちの塩山行きは五十年前の最初の快晴日へと因果の端緒をたどれるわけだが、その頃、私と有子はまだ生まれてもいなくて、私たちが出会ったのは三年前の夏のさかりに、彼女が亭主の死亡通知のはがきの印刷をたのみにふらりと入ってきたときだった。私は横浜の保土ヶ谷で小さな印刷屋をやっている。社長が私、社員もお茶くみも私、つまり私ひとりでやっている。有子が持ってきた文章はひどいしろものだった。

「お客さん、ここんところ、……主人は肝硬変という憎い病いで死に追いやられ……、これはいただけないね。追いやられ、なんて挨拶の文章じゃない。やられ、なんて」

私のスチール製仕事机の角に腰だけで寄りかかり、唇の上に細かな玉の汗をかいて目を大きくみはった姿がよかった。遅刻の見本みたいなものだ。

「文章、おれが直してやるよ」

と私はいった。

刷りあがったはがきをみて、有子は感動した。文章ひとつでこんなに素直によろこぶ女をはじめてみた。ひとつ、最初解せなかったのは、彼女の住所が千葉の市川だったことだ。保土ヶ谷くんだりまで総武線に乗ってやってくる客もめずらしかった。私の腕が千葉方面まで鳴りひびいているのか、ととぼけたことを考えた。じつは小岩の印刷屋にたのむつもりが、電車が江戸川を渡りだしたな、と思ったとたんどっと疲れが出て眠りこみ、気がついたら横浜を過ぎていた。終電の酔っ払いでもあるまいし、乗り過ごしかたが度をこえている、と私は笑った。

車内放送が停車駅を告げる。三鷹十二時四十三分、立川十二時五十五分、八王子十三時三分、大月十三時三十三分、塩山十三時五十五分、山梨市十四時一分、石和《いさわ》温泉十四時六分、終点甲府には十四時十二分、午後二時十二分に着く。車掌が来て、私は塩山まで二枚の切符を買い直す。

「エンザン?」

有子がけげんそうにたずねた。

「エンザン。塩の山と書く」

「それが、さっきいったあそこ?」

「きみがどこかへつれてゆけというから、つれてってやるのさ」

「つれてってやる、なんて……」

有子のふきげん顔が醜い。

期待せずして予期せぬことに出会うことは決してない、とだれか偉い哲学者、そうだ、万物は流転する、といった人だ、その人がそんなことをいったと何かの本に書いてあったが、もしそれがほんとうなら、三年前、有子が羽を折られた鳥のように私の印刷所にとびこんできたのも、いまこうして甲府行きの特急に乗って、私が幼少年時代を過ごした塩山へ三十年ぶりに向かう破目になったのも、けっきょく私が心の奥底でそれを呼び寄せたからだということになる。

長い笹子トンネルを抜けると、勝沼と塩山の町が秋の青灰色の靄の中に沈んでいた。太陽は空のどこにも見当らず、靄が垂れこめているのに、町はふしぎな明るさを放っている。山の中腹まで這いあがったブドウ畑の赤茶けた葉群が町を取り囲んでいた。

駅前は一変していた。広場は数倍の広さになり、まんなかに大きな石のモニュメントがある。ファストフードやおみやげ店、レンタルビデオ店や銀行がどこの地方都市とも変らない配置で並んでいる。私が小学生のころ、駅に跨線橋はなく、駅前にはみやげ物屋が一軒と自転車預かり所があるきりだった。

私は腕時計をのぞき、記憶をたぐり寄せながら道を右手に取って歩きはじめた。塩山付近の五つの村を編入して、町が市制に変ったのはたしか私が小学校二、三年生のころだった。町役場を市役所と呼べるのが子供心にもうれしかったものだ。この道を行けばその市役所がみえてくるはずだ。

どうしてこんな変哲もない町へつれてきたのか、ブドウだってもう終ってるじゃないか、と有子が不平を鳴らしたが、塩山こそ、とりわけ幸福ではないが不幸でもなく、ただ希望や夢だけは生涯のどの時点にもまさって生動していた場所だ。私はここに小学校教師の子として生まれ、父が酔払って単車事故で死ぬ小学校六年の終りまで暮らしたが、そのあとがひどかった。塩山で抱いた夢や希望をなにもかも食いつぶし、捨てさるためだけにその後の歳月があったかのようだ。ではどうして三十年ものあいだ、一度もこの町にもどってこなかったのか。ふるさとには思い出のなか以外何も発見するべきものはない。現実の場所など不要なのだ。私は再婚した母から離れ、神田三崎町の小さな印刷屋で住み込みで働きながら定時制高校に通い、三十四で結婚し、四十で保土ヶ谷の国道一号線沿いにあった印刷屋が死んだあとを引き継いだ。建物は四十八年も昔の戦災の焼跡に建ったバラックそのままだ。今どきめずらしいが、このあたり、両側百メートルほどはまだそんなようすが残っている。

むかし、私は物書きにもなりたかったし、絵描きにもなりたかった。いま印刷屋であることと何か関係があるのかもしれない。子供はできなかった。妻が男をつくって家をとび出し、半年後にもどってきたその夜、私はタンスの脇でうずくまる彼女に向かって、

「許してやるよ」

といった。朝、目をさますと、妻はタンスのいちばん上の鉄の引手に洗濯ロープを結んで首を吊っていた。

有子に向かって、この町で私は生まれたのだ、とのどもとまで出かかってやめた。彼女には何の関係もないではないか。有子が私に、私の生まれ故郷を通してつながるものは何もない。ここにはちょっとした温泉があるんだよ、とだけ私はいった。市役所は昔の場所にあったが、建物は木造から大きな鉄筋コンクリート造りに変っている。

右に折れ、中央本線のガードをくぐると道はゆるやかに北に向かう登り坂になる。町屋通りだ。色あせた万国旗をずっと坂のはてまで飾ってある。ここが目抜きだ。昔もそうだった。見覚えのある店が右から左から姿を現わしてきた。塩山病院、大江靴店、千鳥写真館、日高理髪店……。店構えも看板も昔のままだ。大江靴店の娘はミス山梨になって、それから甲府商業の教師と駆け落ちした。

角の魚屋の息子とは同窓だ。いま、店前に立って、並べたサンマやサバにバケツから塩水を手で撒いている男がたぶんそうだ。もちろんむこうは私に気づかない。むこうは、つまり魚屋ばかりでなく塩山という町そのものは私のことなど覚えていない。だれがいったい私を覚えているだろうか。なつかしい物のかたち、たたずまいが、私の記憶の中と目の前を通りすぎてゆく。覚えているのはただ私だけ。

千鳥写真館のショー・ウインドウの展示写真をのぞきこむ。男の子と女の子の小学校入学記念写真がそれぞれ一枚、成人式の娘の振袖姿、何かの記念の家族写真などが飾ってある。私は声をのんだ。振袖の写真は大江靴店の娘そっくりだ。遠い秋の日、こんなふうな靄のかかった午後の三時ごろ、私はこうして娘の美しさに打たれて写真をのぞきこんでいたことがあった。背中をつつかれてふり返ると、自転車のサドルから片足ついて、魚屋の息子がにやにやしながら立っていた。私は顔をあからめる。有子の声で我に返った。

坂をのぼりつめると塩山北小学校があるはずだ。私の母校だ。思い返すと、やっぱりあのころも私は不幸だった。ただ希望というこの世で最もはかない信念を持っていただけだ。私はとても友だちを大事にする少年だった。よく勉強もした。教師の息子だからそうせざるをえない。意図して親切にふるまい、三年間連続、校内思いやり賞というのをもらったこともある。一年生から六年生まで学級委員を通し、六年のときは児童会会長に選ばれた。大人になった私には考えられないよい子だった。こんな思い出話が有子を動かすなんておよそありえない。しかし、私はそれを大切に心の奥底にしまってある。これはやっぱり何かなのだ。死んで、もし神の前に立ったなら、私の申し開きは、この塩山北小学校時代を思いおこしてもらうことに集中したい。

水の音がいつもするのね、と有子にいわれて、私ははじめて道の下にそれを聴いた。うかつといえばうかつだ。秩父の山なみは北に断層崖を生じ、南にゆるやかな後方斜面をもつ傾動地塊で、塩山や勝沼の町はこのなだらかな南の斜面にひろがり、山中に発する無数の流れが町なかでは暗渠となって勢いよくそのまま笛吹川へと注いでいる。

おそらく三十年前の私は、町じゅうにみちあふれていたその瀬音を聴き過ぎて聾になっていた。いまもそれが続いているのだ。

私は自分の記憶に夢中になっている。有子に何か話しかけてやらなければと思いながら、彼女がこの土地の生まれでないということが何か非常にやっかいなものを背負わされているようで、おっくうでならない。彼女の責任では毛頭ない。脇道をのぞきこむ。かかりから五軒目の、廂から塩専売の古いブリキの看板が垂れているのは、もうとっくに引退したプロ野球選手が出た家で、私がまだ小学校に入学したてのころ、下校の折、あの庭で、行商をやっている母親が何ごとか喚き散らしつつ、包丁を振りかざして二人の大男を追い回していた。

思い出がこんなに強いものだとは予想外だった。どの家にも実のたわわになった柿の木がある。枯葉を焚くしぶいにおいが漂う。いたるところの石垣に、丈高いコスモスが満開で、風に揺すぶられている。その葉と茎の網の目ごしに、塩山北小学校の運動場の突端がみえてきた。近づきながら、私は昔のたたずまいを急いで呼びおこす。

……ケヤキの大木と桜とポプラの林に囲まれ、校門を入ると型通りに二宮金次郎の銅像と崩れかけた奉安殿の築山があり、職員室棟を抜けて中庭に出る。朝礼はここで行われた。中庭を木造の教室棟と講堂がコの字に取り囲み、そのむこうに運動場があった。

しかし、私が目にしたものは違っていた。木造校舎も二宮金次郎像も奉安殿もきれいさっぱり取り払われて、大きな鉄筋コンクリート三階建校舎一棟だけがあたりを払い、運動場は校舎のうしろでなく前に所を変えている。

いまはどうか。あのころ、学校には児童会、学校の外には地区ごとに子供会という組織があった。長い休み中はこの子供会が私たちを規制した。特に規制の対象になったのは野荒しだった。野に放たれた子供たちを、大人たちが最も怖れたのは、田や畑や山の作物を食い荒らされることだ。野荒しはやめよう、と子供会が開かれるごとに唱和させられたが、だれも守らない。ブドウ、スイカ、ビワ、モモ、グミ、トマト、スモモを、カラスやキツネのように手当りしだい襲い、食った。そんな私たちだが、学校給食だけは食べ残した。大きなコッペパン、豆と鶏肉か鯨肉の煮込み、米軍配給の脱脂粉乳のメニューだ。野荒しになれたわれわれの舌は脱脂粉乳を受けつけなかった。

野球とドッジボール、チャンバラと野荒しに熱中した。われわれのまなざしは、嵐の前の大気のようにすきとおっていたはずだ。災厄はいつも隙をうかがって襲いかかろうとしていたのだろうが、そんなものを退散させるのはわけもない。熱中していればよいのだ。浄土というのは、たぶんこの熱中する曇りのない目でみられたこの世のことだ。

私はこの浄土という言葉に虚を突かれ、思わず、ここが母校だ、と口走ってしまった。有子が怒りだした。あたしがはじめてどこかへつれてってと頼んだそのときに、よりによってこんな薄汚れてわびしい土地につれてくるなんて、といった。あたしのかげもかたちもない土地に。だけど、ここは浄土なのだ、と私はひとりごちた。

彼女の怒るのもごもっとも。ふたりで行くのなら熱海か箱根にするべきだった。あそこなら安心だ。私のものでも有子のものでもない万人共有の、開かれて明媚な風景がある。しかし、そこにはあの時間の降りつもる埃がない。たとえ塩山が有子のいうとおり、薄汚れた町だとしても、ふっと息を吹きかけてみれば、とび散った埃の中からだれのものでもない、ただ私だけの時間が立ち現われるのだ。私は反論をあきらめ、黙ってしまう。ひとりで来るべきだった。塩山北小学校児童会会長のいさおしの思い出も、駆け落ちした美しい靴屋の娘の振袖姿も、父といっしょに塩ノ山に登ってかいた汗のしずくも、今後、いつかまたこの町にもどってくるようなことがあるとき、そこにまちがいなく有子という女の思い出がかびのように付着することになるのだ。

私たちは閑散とした休日の運動場を横切った。隅の鉄棒にふたりしてぶら下ったとき、有子のきげんは直っていた。子供のころ、よく運動場の片隅で暗くなるまで居残って遊んだと話した。私たちは鉄棒にほんの数秒ぶら下っただけだった。が、それでも足を地面から離しただけで何かがふたりの間でほぐれた。私は手を取って、彼女を、鉄棒と砂場の間から塩川の岸までいっきにくだる急坂に導いた。この坂をわれわれは学校坂と呼んでいた。みおろすと、坂の下には昔のままの石の塩川橋があり、澄んだ速い流れがにぶい光を集めている。橋のたもとまで小学校の敷地内だ。傾斜はだいたい二十三度、坂の長さはほぼ四十メートル。両側の石垣の目地もみえないほどコスモスが茂って、咲いている。私の記憶の底で、なにか微妙にうごめくものがある。手の中に握ったヒヨコの心臓の動きを触知する、そんなふうだ。

私たちは坂をくだり、塩山橋を渡って温泉郷本通りに入った。狭い、もう寿命の尽きかけた温泉横丁だ。白墨汁で書かれた、歓迎何々様御一行の黒い板が玄関脇に何枚も吊り下っているが、大きなガラス扉には斜め板が打ちつけてある。その先に妙に真新しい一軒の宿があった。屋号は昔のままだ。

私たちはそこに宿を取った。ちょうどうしろに塩ノ山が控えている。今でも登れるのかと女中にきくと、自然遊歩道ができてずいぶん楽になったと教えてくれた。三十分くらいで頂上にたどりつけるだろう。宿のすぐ右手脇が遊歩道の入口だ。

塩山と書いて、エンザン、と地名にしてはめずらしく音読みする。町名のもとになった山のほうは塩ノ山と呼ぶ。山全体が花崗岩の小独立丘陵で、標高は五百五十二・八メートルあるが、どこから眺めてもとてもそれほどの高さと思えない。町自体がすでに海抜四百メートルの高さにあるからだ。正確にいうと市役所のあたりで四百二・

七メートル。小学校のとき習ったが、我ながらよく覚えていた。塩山の名の由来には諸説ある。かつて岩塩が採れたからとも、武田が合戦に備えて山に塩を貯蔵したからとも、あるいは甲府盆地を四方に見渡すのに好適なことから四方ノ山と書き、それがなまったものだともいう。

頂上まで登って帰ってくるのに小一時間となれば、腹ごなしにもってこいだ。山からおりて湯につかり、夕食にする。さぞかし酒も肴もうまいことだろう。はじめ有子はしぶっていたが、やっぱりついてきた。

遊歩道は急坂とゆるい坂が交代で続くように設計されていて、登りやすい。歩幅に合せて横に丸太を埋めこんである。両側はほとんどアカマツの林だ。ところどころに紅葉したカエデがある。ツタがアカマツやナラの幹を巻いてまっ赤に染めている。キジやモズが鳴いた。下のほうからは犬のほえ声や運動会かなにかの花火の音があがってくる。トンビが木々の間を滑空してゆく。有子は周囲のあらゆるものの名前を知らなかった。木々も鳥も何もかもが彼女をこわがらせる。手をつないでおりてきた若いアベックが私たちをうさんくさげにみおろし、行きすぎて五、六メートル離れたところで立ち止まった。私たちも立ち止まった。心中するとでも思ってるのかしら、と有子はつぶやいた。

「あっちをみてごらん」

私は南の方向を指さした。暮れがたになって蜜色に滞った盆地の靄を突き抜け、御坂山地の上はるか、富士がみえた。あのときは、父が私に同じ言葉で呼びかけて教えてくれたのだった。アカマツの樹脂のにおいがたかまる。木立の中に、透明で細かな光がふり注いだ。私は胸のたかぶりを抑えきれずに、林の中を一歩一歩踏みしめるように登ってゆく。富士が葛折《つづらお》りの曲り目ごとにいよいよ高く抜きん出てくる。冠雪はまだわずか。私は、何ごとかに熱中し、汗ばんでゆく体とは逆に、目の曇りが払われ、ひと足踏みだすたびになにもかもがより鮮やかに輪郭が定まり、木や飛ぶ鳥や虫の微細な動きをとらえ、耳に静かな音楽を聴いた。

へたりこもうとする子供の私をはげます父の声がする。父といっしょにのぼった記憶がこれほど力強く甦ってくるとは。保土ヶ谷の暗くてちっぽけな印刷屋の一隅と、いま私が目にし、耳に聴いている世界をつなぐのは容易ではないけれど、私はまだ生きてゆけると思った。私はこれまでたいして父親を思い出すことがなかったのだ。そのとき、私ははっとなった。たったひとりで来るのでなく、有子を連れて、ふたりでもどってきたからこそ世界はこのように開かれたのではないだろうか。私は最後の急勾配で有子を待ち、父が私に投げたのと同じ言葉で彼女をはげまし、手を引いて頂上まで登りつめた。空の端からきらきらとトンボがひかりながらおりてきて、展望台の柵に止まる。日は沈んだばかりで、空は地上より明るく、富士はその明るみの領分にあった。

「この女と結婚してやろう」

私はそう心に決めた。

下りはらくだった。

「こんど箱根に連れてってやるよ」

私は気分をよくしていった。有子は返事をしない。急にふきげんに黙りこんでしまった。白濁した食塩含有硫黄泉につかり、アユとコンニャク料理に舌鼓を打った。敷かれたフトンに坐り込んでテレビをみて過ごすのはつまらない。

「散歩でもしよう。夜の塩山を案内してやるよ」

いやがる有子をむりやり連れ出した。

「どうしてそんなふきげんな顔をするんだい。そんなにおれのふるさとがいやかい」

「あなたにはわからないのよ。わかってもらおうとも思わないわ」

塩川橋を渡って学校坂の下まで来たとき、私は再び記憶の底で動くものを感じた。心地よい胸さわぎだ。それをやりすごし、右にそれて町屋通りに出た。脇道をのぞきこむとあちこちに小さな飲み屋やスナックのネオンがわびしげにともっている。これだけ塩山市内を歩き回っているのに、有子は私がどこに住んでいたのかきこうともしない。彼女の思いやりなのだろうか。じつは、昼間すでにその前を通っていたのだ。

塩山病院の左隣、マサキの垣根に囲まれた平屋建の教員住宅で、庭に大きな泰山木があった。もちろんあとかたもなく、派手な彩色と喧騒のパチンコ屋に変っていたが、私にはかえってそのほうがよかった。

ガードをくぐって市役所前に出た。その先にちょっとしたビジネスホテルをみつけた。たしかあのあたりは鉄工所だったはずだが。一日じゅうほの暗い工場で、上半身裸の男たちがまっ赤に焼けただれた鉄を打ち、火花を散らしていた。ふいごのとまった休みの日の工場は鉄さびと冷えた灰のにおいがして、ふしぎな静けさが支配していた。

ロビーの奥に小さなバーがみえる。明りはついているが、ひっそりしている。私たちの足は自然とそのバーに向かった。客はいなくて、バーテンダーがひとり、黒いサージのチョッキの背中をみせてグラスをみがいている。ふり返り、私の顔をみて、いらっしゃいませ、といった。私たちは爪先立って高い椅子に坐り、有子はジン・リッキを、私はダイキリーを注文する。有子がひと口つけてうなずき、ちゃんとライムを使ってるわよ、いなかのカクテルとは思えない、とささやいた。私のダイキリーもたしかにほんもののライムをしぼってある。レモンでごまかすバーが多いのだ。私はカクテルについてはちょっとうるさい。それにつられて有子もいっぱしの口をきく。おいしいわ、と有子が声をかけると、バーテンダーは長い睫毛をふるわせ、人なつっこくほほえんだ。三十年ぶりの帰郷の気分はいかが、と有子は唇につけたグラスごしにたずねた。放蕩息子の帰郷てとこかね、と私は照れた。有子のきげんもなおって、私は浮き浮きしてくる自分を抑えられない。もっと早く訪ねるべきだったかもしれない、ともいった。すくなくとも青年時代に一度はね。そうすればこんなひねくれ男にならないですんだかも。ひねくれ男、と自己規定することさえいまの私には快い。しかし、遅すぎるということはあるまい。幸い自分はいまたったひとりでなく、きみという人がいる。有子は黙ってグラスをみつめた。透明なジンの表面とグラスの底で同じ光がふるえている。しあわせにしてくれる？　有子のつぶやくような問いかけに、

「してやるよ」

と私は答えた。私は何というおそろしい誓いを立てたのだろう。ひとを幸福にしてやろうなんて、神ですらいまだ道半ばの事業ではないのか。

そのとき、私は名前を呼ばれた。

バーテンダーは同級生の堀だった。昔の鉄工所の息子だ。雇われでなく、彼がホテルの経営者で、支配人兼バーテンダーなのだという。堀とは大の親友だった。自動ドアを踏んで入ってきたとき、私だとすぐにわかったと彼はいった。私のほうはここが鉄工所だったことは覚えているのに、堀には名前を呼ばれるまで気がつかなかった。町も人も、昔の児童会会長など覚えているはずがないと思いこんでいた。塩山の町は、

私が、私の中から呼び出す手しかないのだ、と。ところが、むこうから私は呼び出されたのだ。

私は五年生のとき、塩山北小学校野球チームのエースで四番バッターだった。堀はセンターで三番を打った。年に一度、七月に塩山市と勝沼町、一宮町などの野球大会があった。大会に向けて対外練習試合をやる。勝沼小学校とやったときのことだ。集合時間が過ぎても私が現われない。勝沼小との試合開始時間が迫っている。しかたなくみんなはオート三輪に乗りこんで先発し、尾崎先生が私を連れてあとで駆けつけることになった。なぜ私は遅れたのか。思い出した。母が前日、ユニフォームの洗濯を忘れ、朝になってあわてて洗った。尾崎先生が現われたとき、私はまだぼたぼたしずくのたれている物干のユニフォームの前で泣いていた。けっきょく、私は尾崎先生の単車のうしろに乗せられ、アンダーシャツとトレパン姿のままマウンドに立たなければならなかった。

あの試合はどうだったっけ？　四対三で北小が勝ったんだよ、と堀は答えた。きみが決勝の二塁打を打った。ナイスピッチング。私はその二塁打の記憶すらない。堀によれば、本大会では勝沼小が優勝した。勝沼のピッチャーの山根くんが、本大会で急にアンダースローに変身して登板し、練習試合では彼を打ちこんだ北小打線だったのに、完全に押えられた。きみのボークが決勝点になった。六回裏ツーダン、ツースリーのカウントからだ。

堀はじつになにもかもよく覚えていた。記憶をさぐり、えぐり取る彼のメスを逃れられるものなどなにひとつない。有子はソルティ・ドッグに替えて飲みながら耳を傾けている。ときどき指の甘皮をかんだり、うなじの髪を払ったりする。私と堀はマルガリータだ。

こいつはね、と堀が私を指さし、よくできたんだ、と有子に向かっていうと、有子が堀の顔をじっとみてほほえむ。私はそのとき、ひやりとした。堀と有子が二本のローソクとするなら、その間で一瞬熱せられた気流が揺らぐのをみた。よくできた、という言葉は皮肉っぽくて、からかうために発せられたとしか思えない。うだつのあがらない印刷屋のひがみか。

堀は最近の同窓会の話をはじめた。今年の盆に集まったとき、村上博のやつが名古屋からまっ白なでっかいベンツで乗りつけた。女を乗せてね。宴会のあいだはおろか二次会三次会のあいだもずっとその女をベンツの中に待たせっきりなのさ。彼、なにやってんの？　観光バスの運転手だそうだ。

有子がたのしそうな笑い声をあげた。わたし、そういう無神経な男って大好き。彼女はすこし酔ったのかもしれない。私は、私のカクテル知識のとっておきを披露する気になった。ビトウィーン・ザ・シーツ、できるかい？　堀が首を振る。はじめて聞いた。

ビトウィーン・ザ・シーツの作り方にはふたつある。ひとつは、ブランディ⅓、ラム（ホワイト、色のついてないラム）⅓、ホワイトキュラソー⅓、レモンジュース、スプーン一杯。もうひとつはラム⅓、ドライジン⅓、ホワイトキュラソー⅓だ。最初のものが一般的で、基本的に寝る前に飲む酒。シーツの間で、という名のごとく、なんとなくなまめかしい。私はこれをあまり人に教えないことにしている。有子にも教えない。ひとり馬車道の古いカクテル・バーの片隅で飲むのだ。今夜は三十年ぶりの親友と再会して興が乗った。カウンターの中をのぞきこむと、堀の耳もとにささやいた。

「教えてやろうか」

相手はまばたきし、指先で自分の睫毛をつまむしぐさをして、うなずいた。

私たち三人は、ブランディを使ったビトウィーン・ザ・シーツを、グラスの縁を打ち合せて飲んだ。いいねえ、おふたりのビトウィーン・ザ・シーツに乾杯、とあとから堀は言い添えた。どうやら彼の目つきからすると、私たちを不倫の間柄とにらんだようだ。

私はカクテルの酔い心地ばかりでなく、幸福にも酔った。ひとりの女をしあわせにしてやる。この世はありのままで浄土みたいなものではないか、と私は考えた。女がいて、カクテルがあって幼なじみがいて、ふるさとがある。完璧にはあとひとつだ。学校坂で覚えたあのときめき、あれさえわかればもう何ひとつ欠けるところはない。ひょっとしたら、坂のほうが、私が見知らぬ女といっしょにいたため姿を現わすのをためらったのかもしれない。塩山の町そのものが、私を思い出そうとして最後の身じろぎをしている。私がひとりで、いまあの坂をのぼれば、ためらうことなく身を開いてくれる。それをつかんで、私はもう一度有子のもとへ帰る。

夜のこのあたりの横丁もなつかしいから、ちょっと十分ばかりひとりでぶらついてきていいか、ときくと、有子はかまわないといった。堀さんに昔のことをもっと聞かせてもらうわ。あなたをとことん知りたいの。

外に出たとたん、私はぶるっとふるえた。やっぱり盆地の町だ。夜更けて、冷えこんでいる。ほとんどの商店は灯を落すかシャッターをおろしていた。私はどこか胸を刺すように焚火のにおいのまざった夜の空気を深々と吸いこんで、学校坂へと急いだ。町屋通りには人っ子ひとりいなくて、物影はいっそう黒々と落ち、私の足音も消えるのに時間がかかる。たえず水の流れる音がしている。父が死んだ夜のことや、この道で同級生の女の子から、好き、とだけ書いたくしゃくしゃに丸めた紙をすれ違いざま顔に投げつけられたことを思い出した。私はひとつの美しいイメージを抱いた。これらの記憶が、きょうの午後、いたるところの道や石垣にみかけたコスモスの茎を形成し、その茎の先端に、私と有子の結婚という花が咲くのだ、と。

学校坂の下に着いた。胸の底が大きく揺れる。私はゆっくりのぼりはじめた。いきなり、給食のコッペパンのにおいを嗅いだ。これだ。きっとこれが入口だ。

……給食のコッペパンは午前十一時、甲府の製パン所から運ばれてきた。パン屋はオート三輪でいくつもの小学校に配達するから、丘の上までのぼってきてくれない。塩川橋よりもっと下流の青橋のたもとまで、リヤカーで全校児童四百二十人分のパンを取りに行くのは六年生男子の役目だった。一班八人で五班あり、交替で行く。当番日は堂々と授業を抜け出し、リヤカーをとばして学校坂と塩川ぞいの道を一気にくだった。

われわれ堀を含めた八人はいつもいっしょで、どの班より仲がよかった。私がリーダー格で、堀がサブでとてもうまくいっていた。私にとってこの八人の世界がすべてだった。ほっかほかのコッペパンの入った木箱の山やそこから立ちのぼるパンの香り、リヤカーでかけくだる太腿のふるえ、声をかけあいながら坂をのぼるとき、はねあがりそうになるのを腹で押えこむリヤカーの轅《ながえ》の感触。私はそれらをありありと思い出し、ゆっくりのぼってゆく。ひどく胸さわぎがする。

私の目と運動場の地面が同じ高さに並んだとき、古い校舎の瓦屋根がみえた。職員室棟だ。それから二宮金次郎が背中に柴を負い、本を読んでいる像が、そのうしろにソテツにおおわれた奉安殿の築山が現われる。波打つような昔の教室の窓ガラスに月の光が映える。私は坂の上まで来てしまった。昔のままの塩山北小学校に立っていた。これが私の中で起きていることなのか、それとも私の外で起きていることなのか、たしかめるすべはあるだろうか。もし、この校庭を横切って、もう一度有子のところへもどれるなら、これは私の外で生じた変貌だ。塩山が最高の魔術を駆使して、私を歓迎してくれている。

そして、あの日のことが、隠れていた獣がおどりかかってくるようによみがえった。われわれの班が当番にあたっていたあの日、私はかぜを引いて教室に残った。他の七人は元気に学校坂をくだっていった。やがて、いつもと変らず顔を上気させ、息を切らせて帰ってくるだろう。

しかし、帰ってきたとき、彼らはすっかり変っていた。私と全く口をきかなくなったのだ。いったい何が起きたのだろう。その日から彼らは一週間、私を無視し、そこにいないかのように扱った。話しかけようとするとそっぽをむく。家に遊びに行っても居留守を使われる。遠くから私の姿をみかけると急に曲ってしまう。一週間後、われわれは再び仲良し八人組にもどった。前よりずっとうまくいったといってよい。あんなことなどなかったみたいにとび回った。あの一週間、私は死んだ人間だった。二学期になっても、私が父の死に遭遇し、母とともに埼玉の片いなかに去るまで、何も変らなかった。しかし、うわべとは別に、私はくり返しあの悪夢を反芻してすごした。あとにもさきにも、私を含めた七人が、残る一人に対し、同じ行動に出たことはなかったから、あれは私ひとりに、たった一度だけ、敢行されたことだ。そのわけを私は知らない。私の目は曇り、世界はいま目のあたりにしているものに、そのとき変った。

一瞬にして私を地獄につき落したあの仲間はずれはいったいなんだったのだろう。長い間、私はそれを探したがわからなかった。一時は、すべてを坂のせいにして割り切ろうとしたこともある。それからいっさいをなかったことにして忘れようと努め、忘れた。思い出したくないことは、徐々にだが忘れられるものだ。

私は、あっと声をあげた。

その数日前のことだ。私は算数の試験で百点を取った。教室を出ると、堀が廊下にいた。おそらく予想外に悪い点数だったのだろう。答案用紙をのぞきこんで、肩をがっくり落している。私は近づき、うしろから耳もとで、

「教えてやろうか」

と声をかけた。堀はあわてて答案用紙をくしゃくしゃに丸めてポケットにねじこむと、私をふり返り、指先で睫毛をつまんだ。

私はその言葉を、今も使ってきたばかりだ。教えてやろうか。三十年前、このたったひとことで、私をきびしく断罪した少年。異常なほどの記憶力の持主である堀がそ

れを忘れるはずがなく、十五、六分前に口にされた同じ言葉と結びつけて、私を罰しないはずはない。

私の胸ははりさけそうになった。あの男のもとに有子をひとり残してきたのだ。一刻も早くホテルにもどらなければならない。私は駆けだそうとして、踵を返した。私の脚はそのまま凍りついた。坂はまんなかから闇の中に没している。塩山の町がみえない。まるっきりみえないのだ。わかってもらおうとは思わないわ。有子の声がした。そうか、女もそう思っていたのか。……許してやるよ。私の尊大さだけが、闇の中に一列の杭のように醜く連なってみえる。

古い校舎もかき消えた。しかし、私はいまも坂の上に取り残されたままだ。坂が本性を現わしたのだ。のぼらなければよかったんだと人はいうかもしれないが、いったん坂をのぼりはじめたら途中で引き返すなんてできない相談だ。もし神が、バーで堀と有子が話している内容を教えてやろうというなら、私はこの命を神に捧げてもよい。

松籟
しょう
らい

鵠沼海岸駅をおりたったコスメ化粧品の一行十五人は、紺地に民宿の屋号を白く染め抜いた小旗を持った男のあとについて、ひさしぶりにあびる海の香りと光を鼻歌でよろこび、スキップしたりして狭い商店通りを突き抜けた。菊とゼラニウムばかりの花屋の角を折れると、道は、行き止まりだぞ、行き止まりだぞと呼びかけていそうな、細くてあいまいな砂地の小路だが、曲りくねってゆくのが海を刻々とたぐり寄せてゆく風情で、たった一泊二日の研修とはいえ、夜にはちょっとした宴会も待っていることだろうし、自然と遠足気分もまぎれこむ。残念なのはメンバーが男ばかりで、隊列を組むにもやっぱりもうひとつはずむものがないことだ。

片側に黄色い斑入りの柾《まさき》の垣根がつづいた。天然原料課の加藤がおどけて、わざと全身ごと茂みの中に倒れ込んでいってのめりこみ、手足をばたつかせているのをだれひとり助け出してやろうともせず、色とりどりのボストンバッグを振りまわして、さっさと先を急いだ。電信柱の上に工夫がのぼって、しきりに腰の工具ベルトをさぐっている。あたりに人影も作業車もない。空はほんのすこしの雲が、箔のように全面にのされた晴れぐあいで、どこかで寺の鐘が鳴っていた。加藤が走って追いついてくる足音と他の十四人の足音がまじって、静かな海浜の細路に響きわたり、ゴミ箱をあさっていたそのへんの犬どもは追いはらわれ、一行はまもなく引地川の岸に出た。海よりも先に変哲もない汚れた川に対面する破目になり、拍子抜けしてみんないっせいに口笛を鳴らした。黒ずんだ泥の川面が、陽の光を金属めいた反射光に変えて彼らの目を射る。この光を小路の先からずっと海からのものだとばかり勘違いしていたのだ。犬の群れがとび出してきて、堤道の雑草の上でころげ回ったり吠えたりしはじめた。メリーじゃないか、おい、メリー、と叫んで、界面活性剤課の月山がいきなり川上に向かって走りだした。ひと月前に姿を消したうちのチビなんだ、とうしろをふりむきふりむきみんなに説明するが、そんなはずはないだろう、と口臭防止課の立花が反論した。きみの家は千葉の木更津だから、まさか東京湾を泳いで渡ってきたわけでもあるまいし。東京湾だけじゃない。三浦半島を回っていったん外海に出て、相模湾に入らなくちゃね、鵠沼海岸までは辿り着けないよ。

案内人はすでに川下にかかる朱塗りの稲荷橋のたもとに達して、こちらに向かって小旗をしきりに振っていた。月山の駆け寄る気配で、犬どもはあっというまに散り散りになった。あきらめてもどってきた月山はなおもメリーがいたと言いつのる。そばで、自転車を草の上に倒して、堤防の上に坐ったふたりの少年がまじめな顔して話しこんでいる。まうえの空から、明るい色の、よくふとった鳩たちが白い糞を落した。案内人はむこう岸に渡りおえ、もう一度旗を振りはじめた。あれは手旗信号じゃないのか、と苦情処理課の欠田が指さした。案内人はいかにもそれらしく、旗を持つ右手と素手の左手を水平にのばしたり、持つ手を変えて肩で直角をつくったり、まっすぐ天をさしてあくびをする。みんなもぞろぞろあとを追って橋を渡り、松林をくぐると、いきなり見上げるばかりの砂丘が立ちふさがった。てっぺんの空と接するあたりで、陽炎がはげしく燃えさかっている。案内人が斜面を登りはじめた。遠足気分はいいとして、やはりきょうあすは、このところめっきり売上げの落ちたコスメ化粧品株式会社営業部、経理部、工場及び研究所の課長、係長総勢十五名が参加するれっきとした中間管理職研修であって、こんな砂山をえっちらおっちら靴の中を砂だらけにして登らなければならないのは腑に落ちない。

　頂上に着くと、潮風と波音が吹きあがってきて、彼らはよろめき、互いの肱をつかみあって笑った。ハマゴウが波打際に近い礫帯まで砂浜一面にはびこり、コインほどの大きさの、裏の白い葉っぱを風がいっせいに北北西に向けて走らせている。しつこく絡まる小枝や根を踏んで、礫帯まで案内人について走り、彼にならって小石を波に向かって投げはじめた。案内人はじつにきれいに遠くまで、五つも六つもバウンドして飛んでゆく水切りをやる。それからみんなを波打際に平行に一列に並ばせ、海に向かって、精一杯の腹から絞りだす大声で、お父さん、と呼ぶよう要求した。だれもが小首をかしげた。子供の遠足じゃあるまいし、それに海に向かってなら、お母さんと呼びかけるほうがぴったりくるのではあるまいか。お願いします、もうみなさんの研修ははじまっているのですから、と案内人は拝み倒さんばかりだ。しかたなく、ぱらぱらと気のない声を出すと、急に、もっと気合を入れろ、と恫喝めいた調子に豹変した。みんなだんだん気が滅入ってくる。案内人はまたあいそのよい調子にもどって、はじめて身分を名乗った。男が四十をこえれば、女房や子供から、お父さんと呼ばれることはあっても、こちらから、腹の底から呼びかけるような機会はうそのように消えている。さあ、精魂こめて、久しぶりにあの水平線に向かって……、と導いた。それからハマゴウの中に車座になり、ジャンケンをした。最初の拳《けん》で海外事業部の青柳ひとりグーで、あとの十四人全員がパーを出して勝負はついたが、その後はグー、チョキ、パーが入りまじって、いつまでもけりがつかない。案内人がチョキを禁じるとすぐ片がついたが、それではおもしろくもなんともない。みんなは立ちあがり、案内人について砂丘を登った。空はほんのすこしの雲が箔のように全面にのされた晴れぐあいで、どこかで寺の鐘が鳴っている。しつこく絡んでくるハマゴウを踏んで波打際に行き、一列に並ぶと遠くのうねりに向かって小石で水切りをはじめた。案内人が、自分を真価労働研究所の研究員だと紹介した。今回のコスメ化粧品中間管理職研修の担当リーダーをつとめさせていただく。名はハコバ、箱庭と書いてハコバと読む。声が風にとばされてよく聞きとれない。それから、全員で水平線に向かって、お父さん、と声を張りあげた。内心ぶつくさいっている。こんなの研修じゃないという声があがると、箱庭が前にとび出し、波と風向きを利用して一席ぶった。こんなの研修じゃない？　それが大問題なので、そのことからしてすでにあなたがたは、これこれはこういうものだという決めこみに囚われている。企業の停滞は、既存のシステムにしがみつこうとするところに起因する。停滞からはボウフラしか湧いてこない。発想の転換が必要だ。だからこうして、東海の、小島ではないけれど、磯の砂浜にたわむれて、石も投げればジャンケンもする。ジャンケンをするのは何年ぶりですか。ほら、決めこみ、囚われたあなたがたの心が、たったいま、お父さん、の一声と共にみなさんの口から躍り出て、水切りのしぶきとなって飛んで行ったではないか、と小旗を振って導いた。それからハマゴウの中に車座になって、ジャンケンをはじめる。最初の拳で経理課の小出がパーで、あとの十四人全員がグーを出してひとり勝ちだったが、その後はグー、チョキ、パーが入りまじってけりがつかず、箱庭がチョキを禁じるとすぐ片がついて、つまらなくて立ちあがった。これが売上げ減少、停滞一掃の研修なら、なんて気楽でたのしいことだろう、とみんなの気持は新しくなった。

民宿の建物は深い松林の中にあった。松葉が風に吹かれて、青いまま庭にも赤いスレート屋根にも降りしきり、ぷんと強い松脂《やに》の香りが立ちこめている。門柱にコスメ化粧品株式会社幹部研修御一行様と黒の歓迎板が下って、否が応でも自分たちが世知辛い会社に雇われた人間で、不況下の生き残りを賭けた研修がこれからはじまるのだ、とさっきの気楽さも消しとんだ。

調理台からうまいぐあいに大ぶりの生きのいい鰺を一尾くすねた黒猫のトッポは、民宿の奥さんのどなり声を尻目に、勝手口を抜けて物置と食堂の間の隘路を走り、前庭から松林の中へと逃げ込むつもりが、ちょうど門から箱庭とコスメ化粧品の一行がどやどやと入って来たので、あわててとっつきのヤツデの葉かげに身を翻した。箱庭にはこれまで何十回、いや何百回蹴りとばされたことだろう。彼が旗を巻き、玄関から中へ向かって一行の到着を告げると三人の男が出迎えた。トッポは身を潜めたまま、たまらず鰺の頭をひとかぶりした。上空をつんざくような音をたててジェット戦闘機が一機、北に向かうのをコスメの一行はいっせいにみあげ、首をめぐらせて追いかけながら靴の中の砂を落した。遅れて、廊下の奥から民宿の経営者夫婦が揉み手で現われ、スリッパを並べる。トッポは頭を食べおえた。ひとしきり舌なめずりしたあと、再び鰺をくわえなおしてヤツデの葉かげから首を出し、一歩二歩と影から体を引き抜き、そのまま一気に駆け抜けようとしたとき、小旗を巻きながら箱庭が大勢の客を従えて門から入ってきたので、あわてて再びヤツデの葉かげに引っこんだ。あいつにはこれまで何百回、いや何千回蹴とばされたことだろう。トッポは半野良だが、松籟荘に居付くようになってすでに五年がたつ。毫毛が徐々にきて、このごろは抜け毛も多く、獲物にとびかかってゆくのにも以前よりコンマ何秒か遅れるようになった。鰺一尾をくわえ、本能に促されてこの宿に見切りをつけ、もうすっかり野良に返るつもりなのだ。

玄関先に立ったコスメ化粧品の連中は、宿がいかにも旧式で貧相なつくりなのが気にくわない。ボストンを下におろし、靴の中の砂を落した。そのとき、上空をジェット戦闘機が二機、北に向かうのを見あげ、首をめぐらせながら玄関になだれこんだ。待ちかまえていた三人の男が歓迎の辞を述べた。トッポはこらえきれずに鰺の腹をひとくち咬み、口辺をはらわたの血で赤く染めて目をつむる。遅れて、廊下の奥からあいそ笑いを浮かべた吉目《よしめ》夫妻がきれいな摺り足で挨拶に出てきて、みんなのスリッパをてきぱきと上がり框に並べはじめた。トッポは尻尾のほうの半分だけになってしまった鰺をくわえなおした。あたりをうかがい、人間たちが廊下の奥に進むスリッパの音に聞き耳をたて、人気の失せた前庭の安全をたしかめる。いっきに門の外へと駆け抜けた。松林の中に躍り込み、松葉と松毬を蹴散らして消えていった。

コスメ化粧品の課長、係長たちは一階の寝室に当てられた部屋でジャージーに着替え、筆記用具だけ持って二階ホールに集合した。色褪せたリノリウムの床に大きさも高さもまちまちなソファと肘掛椅子が無造作に並び、隅に珍しい旧式なオルガンがある。三々五々自由に腰掛けて、三人の男を従えて前に出た箱庭の開講の辞を聞く。旅館の客引きのようなこの男が研修を取り仕切るのだ。弁はなかなか立つ。……ここではからだもこころも素っ裸になっていただき、この不況時の荒波を乗切る心のわざと体力をみがいてもらう。これが真価労働研修の眼目だ。小手先芸でなく、どうすればほんとうに腹を割った、腰のすわった商売ができるかをいっしょに考え、いっしょに悩み、会得する。たった一泊二日、あしたの夕方にはお別れだけれど、それまで目いっぱい、精いっぱい心身を尽して、決めこみ、囚われを捨て、外のことも忘れ、これまでの家庭生活も会社人生も、ここ、松籟荘につどっていっしょに泣き笑い、手を取りあう、この日のためにこそすべての法律、学校、家庭、会社であったと観念していただきます。いずれそのうち当真価労働研究所の主宰者もまいって、みなさんと親しく懇談いたしましょう。

ノートも鉛筆も捨てろといわれ、さっそく背中と椅子の背もたれの間に挟み込んで素手になる。なんて気楽でたのしそうな研修なんだ。入社以来、セールストーク、薬事法、マネジメント、労務管理と数えあげればきりがないほど受けさせられたが、今度のはずいぶん毛色も変っておもしろそうだ。

三人の男もそれぞれ挨拶に立ったが、彼らは真価労働研究所の人間でなく、真価友愛会に属するボランティアだった。友愛会は真価労働研修を修了した会社社長や商店主らでつくっているOB組織で、会員は全国に三千人いる。熱心な会員になると、研修が開かれるたびに互いに連絡を取りあって、激励にやってきて、いっしょに泊りこんで研修をたすける。三人は堀、滝、原と名乗った。みんな姓は一字で二音だが、これは偶然にすぎないのだとわざわざ断りを入れた。研修は、録音したNHKラジオ体操でからだをほぐすことからはじまった。第一体操、第二体操とふたつとも二度つづける。それから隣同士で互いに目の奥までみつめあう。これも体操のひとつだ。化学原料課の冨士がひとりあぶれたので、サポーターの原が相手になる。女性の目は別として、こんなふうに近々と男同士で相手をのぞきこんだことはないだろう、と箱庭にいわれたが、猫や犬の目でさえのぞきこむなんてめったにない。女房と最後にみつめあったのはいつのことだろう。広報課の新宮が、自分の娘の瞳は日の光が直角に入ると緑色になるんだと話した。小学校五年生だが、学校では休み時間になると他のクラスの連中がみにくるらしい。それをいやがって、登校拒否寸前だ。

はじめに覚えた照れくささが、やがてはげしい戸惑いに変った。つくり笑いを交しては頭を搔き、いったいこいつは何者なんだ、と相手の目の空漠に吸いこまれそうになっていたたまれない。どうです、変でしょう、と箱庭が手を拍って、みんなに呼びかける。赤の他人ならいざ知らず、会社の同僚同士でもみつめあうのはこんなにこわい。サポーターの原にみつめられた冨士がおろおろといまにも泣き出さんばかりだ。箱庭の言葉がつづく。眼底をみれば四十いくつもの病気が分かるというが、ではいったい視線はどこから湧き出てくるか、考えてみればふしぎです。たったいま、わたしは赤の他人と申しましたが、この他人の赤とはいったいなんなのでしょう、考えてみませんか。まっ赤ないつわりのまっ赤だって、考えてみればふしぎで、うそがどうして赤いのでしょう？　まっすぐこっちの目をみて話せ、と父親にいわれたことはないですか。

握手体操に移る。力強く、右手同士、左手同士、そして握りあった右手に左手を添えて、痺れるまで。もちろん相手の顔をまっすぐみつめ、部下の心を掌握し、やる気を起こさせる、その気持、願いを手のひらとまなざしにこめて、と箱庭は強調する。

研修は進んだ。笑い体操、おしくらまんじゅう、拍手喝采体操とつづく。こういう研修もあったのか、という半信半疑、狐につままれたままで、箱庭のおどしたりすかしたりの手法に引っぱられてゆく。とにかく読みもしなければ書きもしない、考えなくてもいい。ありきたりの研修でないところがすこぶるみなの気に入った。

ところが、昼食にはトーストパンひときれとインスタントコーヒー一杯しか出ない。一同、あっけにとられて声も出ない。断食道場に来たわけではない。サポーターの滝が、パンをゆっくりしつこく嚙みながら節食の意義と有用性についてひとくさりまくしたてる。自分の場合も同じ飢えの苦しみに堪えた。とにかく一泊二日、食事を抜いてみるといい。ものはためしだ。胃はからっぽ、気分は爽快。頭の停滞はなくなり、血の濁りも一掃されることうけあい。驚いていてはいけない。夕食はこのトーストパンが半分になる。明日の朝はさらに三分の一、昼はゼロ。研修生はいっせいに猛反発した。それではわれわれは明日の夕方、乞食のように飢えてここから放り出されるのか。目を剝き、互いの顔をみつめあう。カリキュラムの柱のひとつが断食にあることが明らかになった。これはとても研修とはいえない。強制収容所だ。会社はいったい何を考えているのだ。こんな研修内容を社長も総務部長も承知のうえでわれわれをここに送り込んだのだろうか。総務部長に電話してくる、と育毛促進課の児玉がいきりたって階段を駆けおりた。全員総引揚げも辞さない決意で、会社の回答を待った。

児玉がうろたえぎみにもどってきた。電話機がないのだ、と声を落す。宿の主人にも奥さんにもきいてみたが、はぐらかすような答ばかりで、埒があかない。滝が笑ってうなずき、前に出てむき直ると、いま電話をかけようとした者がいる、と告げた。研修生たちは息をのんでうつむいた。しかし、滝はにこやかな顔つきで、電話はある、あるがわざと隠してあるのです、とつづけた。いまがいちばん大事な時だ。真価労働の訓練に身心ともに集中しなければならない時だ。みなさんとこうしてごいっしょできるのはたったの三十時間余りにすぎない。しかもはじまってまだ五時間とたっていない。いわばあなたがたはまだヨチヨチ歩きの赤ん坊みたいなもの。そんな状態で外の風に当りでもしたら、この研修は一瞬のうちに崩壊する。

しんぼう、しんぼう、苦あれば楽あり、と箱庭がなだめすかすように語りかける。外のことも、外そのものも、そもそも外があるということもいったん忘れ、家庭生活も会社人生も法律も学校も何もかも、いまここに、松籟荘につどって、ともに泣き笑い、手を取りあうこの日のためにこそあったのだと観念する。いずれ主宰者もやってきて、ああそうか、そうだったのかと芯からうなずけるような結論が必ず出ます。

夕食までに肩車と胴上げをやった。みんな流せるだけの汗を流し、すっかりへとへとになって、休憩時間には窓のそばに寄ってタバコをふかし、松の緑に包まれた公園を眺めた。上空を明るい色の、よくふとった鳩たちがのの字に舞い、白い糞を落してゆく。若い母親がブランコに静かにすわり、うつむいて、胸に抱いた赤ん坊に何かしきりに話しかけている。松林の奥のほうから一組のアベックが現われ、つないだ手をちぎれんばかり、指先いっぱいに伸ばして体を離し、みつめあったまま横切って行った。研修生たちは、何かこの世ならぬ風景をのぞき見したかのようにため息をつき瞼を閉じ、ホールの中央にもどった。タバコが空腹にきいて、頭がくらくらする。

夕食は予告通りトースト半分だ。トマトの輪切り三きれずつがついた。だれもががっくり肩を落し、空腹を抱えて風呂に入り、再び二階ホールに集まると何人かはソファに横になり、残りの連中は腰掛ける気力もなく、床にじかに寝そべった。そんな姿勢で、生まれ故郷についてしゃべらされた。

鉄道の土手が遊び場だった。とぽつりと切り出したのは香水課の大貫だ。青い菜っ葉服の保線工夫が、鉄の細棒でレールをたたいて調子をみて回るんだ。彼にみつからないように、レールの上をどこまで落ちずに歩けるか、レールに耳を押しあてて、どれほど遠くまで汽車の気配を追いかけてゆけるか競争した。酸模《すかんぽ》とすすきの斜面にうしろから弟を突き落し、あとから自分もわざと転がり落ちる。草は場所によってひんやりしたり、なまあたたかかったりした。右脇を下にして、手のひらに耳を当ててしまえば、そのまますぐ眠りこんでしまえそうだ。列車が来ると、重力に抗うみたいにのけぞって斜面に直立して、車輪やピストンのめくるめく動き、車輛の圧倒的な重量感に堪え、外国人のような客の顔に魅了された。便所の黄色いしずくを浴びることもある。

父親は県の役人だった。いつも街にいて、家にはいなかった。ときどき、半島の南の視察のため、急行列車で村を通るからと連絡が来ると、弟とふたりで土手に出かけた。南に下る急行に乗った父が、大いに揺れながら、窓から見知らぬ旅人のように手を振った。列車が三、四十メートル行き過ぎたところで、父はおみやげのふたつの網袋を投げる。そいつは風圧のせいで、ちょうど僕らの足もとに漂着するんだ。網袋の中はリンゴやチョコレートや漫画雑誌だった。あのころのチョコレートの芯の冷たかったこと。それぞれにかんたんな手紙が入っている。

ある日、そのようにして父の網袋を拾った。手紙がある。それを広げたとたん、土手の斜面が急に立ちあがって、僕はあおむけに放り出された。おまえはいけすかない子だ、と手紙にはただそれだけが書いてあった。そのとき以来、僕はあおむけに宙に浮かんで雲を見ている。

みんなこっくりこっくりやりはじめた。さっきからサポーターの堀の姿がみえない。口臭防止課の立花がはっと頭をもたげて目をさまし、もうがまんできない、外で何か食いものを調達してくるといって立ちあがった。箱庭は止めようとしなかった。トイレに行っていた青柳が立花と入れ違いにもどってきて、トイレの下は鉄道の土手だぞ、と目を輝かせた。きんかくしの下が地面まで抜けていて、枕木とバラストがとびすさり、自分のおしっこがキラキラとほんとうに星のしずくのように銀色に光ってちらばるんだ。大貫の話のつづきを夢みているみたいだ。ああ、それじゃ僕はそのおしっこを土手であびていたんだ、と大貫が合いの手を入れた。箱庭の提案で、みんな順番にトイレに行くことになった。列車の筒抜けのトイレなんてなつかしい。そこへ買出しに行ったはずの立花が手ぶらのまま入ってきた。いま、廊下の隅の暗がりで、人の気配がしたので透かしてみると、ここの奥さんとだれかが濃厚なキスのまっさいちゅうだった。あれが亭主でないのはたしかだ。亭主は一メートル八十はある大男なのに、男の背丈は奥さんの耳たぶあたりまでしかなかったからだ。買出しについてはひとこともない。外へ行かずに、ラヴシーンだけのぞき見して帰ってきたのかとからかわれた。トイレに行く話はそれきりになった。

奥さんの相手というのは堀にちがいない。友愛会もずいぶんいい加減な組織だ。そういう行儀のよくないサポーターにわれわれの指導をまかせる真価労働研究所そのものが信頼できなくなった。主宰者はまだ顔をみせないが、いったいどうしたのか。こんなの研修といえるか。あんたがたも物好きな人たちだ、と界面活性剤課の月山がサポーターの原に矛先を向ける。あんただってシャバにもどれば鉄工所の社長、小なりといえども一国一城の主ではないか。それを何を好んで、仕事をおっぽりだしてこんな訳の分からない愚行の片棒をかつぐのだ。原は月山の肩に手を置いて、おだやかに反論する。それは物事の表面しかみていない見解だ。みつめあったり、握手したり、肩車したり、大貫さんの土手の思い出話をきく。こういうものがいずれわれわれを捉え、いたたまれないほどなつかしい思いに駆りたてるようになるのだ。土手の斜面から放り出され、あおむけに宙に浮かんで雲をみる。いつか必ずこれらのことがみんなの共有する、心にしみとおる一体経験になるのだ。この研修が終って散会すれば、当座はほっとするでしょう。しかし、ひと月もしてごらんなさい。からだじゅうがむずむずしてくる。覗きこんだ目の奥の闇、かたい握手の感触、肩車の高み、おしくらまんじゅうの熱。これらの記憶が体中を毛虫のように這いめぐる。毛虫退治には友愛会がいちばん。われわれ真価労働研修会修了者にとって、真価労働の研修が、いつも日本のどこかで開かれているということ、いつかそこにサポーターとして参加できるということ、これが希望であり、安心であり、励みであり、楽しみであり、あこがれであるのだ。

窓から松の緑に包まれた夜の公園がみえた。松の枝に吊り下げた小さな裸電球の明かりが、周囲をまるく照らし出している。若い女がブランコに静かにすわって、うつむいて胸に抱いた何かに話しかけている。だれからともなくもう寝ようかと声があがった。同時にいくつものあくびが洩れた。しかし、眠れそうにないな。いや、ひもじさは眠ってごまかすより手がない。しかしこれから下におりて、各自の部屋で別れ別れで寝るのもなんだかわびしい。そのままホールで雑魚寝することになった。われわれのときもそうだった、雑魚寝がいちばん、とサポーターたちが声を揃える。堀もいつのまにか声の中にいた。いの一番に、そばのソファにごろりと横になったのはリーダーの箱庭だった。主宰者はいつ現われるのかという問いかけに、あくびをこらえて目を潤ませ、もう来ているはずなんだが、と首をもたげてあたりを見回すふりをしていたが、いつのまにか顔を両腕でおおって眠ってしまった。気がつかないうちに吉目夫妻がみんなに毛布を掛けて回っている。

起きろ、という箱庭の鋭い声が響きわたった。サポーターはすでに立って動いており、ぐずっている研修生たちの毛布をはぎ取り、脇腹をくすぐって回る。最初は訳もわからず、寝呆けまなこできょろきょろあたりをうかがっていた研修生たちだが、時計をみて怒り出した。真夜中の二時ではないか。こんな時刻に、ひとの眠りを引っ掻き回すなんて、非常識きわまりない残忍なやりかただ。父親にさえこんな手荒なまねはされたことがない。首筋をしつこくくすぐられた苦情処理課の欠田が原に殴りかかった。帰ろう、もうがまんならない、と叫んで欠田に加勢する者、滝と堀にとびかかってゆく者、箱庭に詰め寄る者と三手に分かれて大立回りとなった。吉目夫妻がパジャマ姿であがってきて、あいだに割って入る。そのとき、聞きなれない、か細い声がホールの隅のテーブルあたりから響いた。

……わたくしは、いままでにわたくしの理想社会構想や真価労働実践について、その一端に触れるのみで、具体的なものはほとんど発表しておりません。真価労働実践の根元的要素のひとつを、最も正確に、圧倒的に打ち出す、すこぶるかんたんな、ほんの数語で説明できる言葉があります。この言葉ひとつで、すべてはあいとのい、人柄を完成させるのですが、わたくしはそれを絶対に口外しません。いずれは言いますが、いまそれを洩らすと、いろんなひとびと、くにぐにが思い違いをし、ショックを受けて、反撃に出て、わたくしの身に危険が迫ります。

だれだい、これは？　声はかなり大型で旧式のテープレコーダーから流れていた。男とも女の声ともつかない。テープレコーダーのそばに箱庭がいる。はじめは彼がしゃべっているのかと思ったが、箱庭はただテープをセットして、レバーを回しただけらしい。

……さわがないで、落ち着いてよく聞いてください。わたくしは、もとより身命を擲《なげう》つ覚悟で真価労働研究所を主宰しており、左右両翼、経団連、日本生産性本部、全日本トラック協会、神戸・灘生協、日本野鳥の会、ペンクラブ、日中友好協会からの攻撃、迫害、危害などどうってことないのですが、目にみえないこの生命というものがなくなると、これから先も書きつづけることができなくなり、そのぶん真価労働社会の実現が遠くなるでしょうから、その言葉をまだ発表しないのです。

これは主宰者がしゃべっているのだ。揉み合いの大騒ぎもしずまり、各々がその場に釘付けになった。テープレコーダーが載ったテーブルを、二、三メートル離れて二重の半弧で囲んでいる。声は奇妙なかすれを帯び、肉声という感じがあまりしないが、それは旧式のテープのせいかもしれない。

……その言葉を口にせず、その字句と同じ意味のことをみなさんはここで研修しておりますし、書いて発表もしておりまして、現にあちこちで実践に移っていることで、別に危険でも迷惑をかけるものでもなく、中身はすこぶる穏健で慎しいものなのですが、しかし、これは必ず世界中でいずれ実現するのはかくじつで、時の流れの必然であり、究極のもので、そこまで到達するにはまだまだ、まだまだ人殺しも詐欺も強盗も絶えないことでしょう。

その言葉さえここで書けば、なんだそんなことかとみなさんは納得し、こんなまわりくどいことを書く必要はないのですが、ひとびと、くにぐにによっては気の狂ったように怒りはじめるのが目にみえるのです。それほど立場が違えば、言葉そのものが鋭く衝撃的で、マホメットもキリストも釈迦も天皇も考えつきもしなかったほどのものなので、やっぱり当分黙って、言っても言わなくてもよいような時が来るまで絶対に言わないようにします。これがわたくしの秘密で、この言葉ひとつですべてはあいととのい、だれもが人柄を完成させるのですが、わたくしはそれを絶対口外しません。いずれは言いますが、言うと困るひとがたくさん出てきて、言わないほうが要らぬ怒りを招かないで、みなさんの研修もスムーズに運ぶもので、これほど親しい仲なのに、なぜ言わないの書かないの、と怒るひともいるかもしれませんが、そこのところは有無相通ず、よくわかってくださいね。

テープの声がやむと、箱庭がすかさずみんなを手で制し、今夜のところは何も言わず、何も訊かず、黙って寝るように要請した。きっといまの訓話が、みなさんの眠りの中で、魚のように泳ぎ回ってくれることでしょう。

ソファにもどり、毛布を頭から引っかぶりながら加藤が、鷹匠は鷹の眠りをかき乱して調教するときいたが、おれたちもさしずめそんなところだな、とつぶやいた。

窓からまぶしい陽が差しこんで、みんなは雑魚寝の眠りから呼びさまされた。三分の一のトーストパンと握りこぶしほどのトマト一個、緑茶一杯の朝食だ。こんなうまいトマトは生まれてはじめてだ、お茶ってこんなにおいしかったのかとささやきあう。ふしぎとからだが軽く、頭がとてもすっきりしている。松脂《やに》の香りをたっぷり吸いこみ、まだ青いまま落ちてきた松毬を蹴りとばしたり、拾って振りむきざま仲間に投げつけたりしながら、ぶらぶら庭の散歩をたのしんだあと、研修二日目に臨む。もうすっかりこの場所になじんだ気分だ。研修自体は、きのうとほとんど変り映えしない中身だ。みつめあい、握手、おしくらまんじゅう、肩車。しかし、きのうと違って、研修はいともたやすく、たのしく、軽々と運ぶ。

　肩車の最中、上になった研修生の頭にいっせいに、ゆうべ主宰者がしゃべった、すこぶるかんたんな数語の言葉ってなんだ、という問いが浮かんだ。口々にそれを下の同僚に目を輝かせて伝える。きっとその言葉が、魚のようにわれわれの眠りの中を泳いでいたんだ。箱庭にしつこく迫って、ききだそうとしたが、彼も知らないのだった。むしろ知らないのをよしとしている。側近としては、知らないでついてゆくほうが気が楽なのだという。主宰者は女なのか、ときくと、男だ、と箱庭は答えた。いつもならツチハラ先生は昨夜のうちに到着して、午前二時に研修生たちに起きてもらい、じきじき対面して、懇談することになっているのだが、なかなか本人が到着しないので、しかたなく臨時にテープの声で間にあわせた。いったいどうしたのだろう、と箱庭もサポーターもけげんなようすだ。

　昼はコップ一杯の水だった。研修生たちがため息ついて、口もとを拭っていると、吉目夫人が、今朝の四時ごろトイレに立ったとき、いつも先生が来られると専用にしている一階の東端の部屋に灯りがついているのをみたと証言した。ああ、やっと先生がみえられたんだ、何か書いておられるのだなと安心して眠った。早速、部屋をたずねたが人のいた気配もない。みんなで手分けして、部屋という部屋、押入れ、クロゼット、浴室、物置を捜した。骨折損だった。寝呆けていたんじゃないかと夫が疑うと、女はむきになって否定する。知らぬは亭主ばかりなりか、と夫人と堀の忍び逢いを目撃した立花がかげ口をきく。部屋の灯りと主宰者の存在が常に一致するとはかぎらない。だれかの消し忘れかもしれない。しかし、夫人はこだわった。先生がいまも家のどこかにいるような気がしてならないという。あれからずっと声がしているようなのだもの。みんなは耳をすませ、顔を見合せた。松籟ばかりが耳を聾して鳴っている。揃って急に押しだまると、ゴロリと寝そべった。そばにいる人間を相手に、ぽつりぽつりと世間話、四方《よも》山話《やまばなし》で気をまぎらせようとする。いったいこの研修はなんだったのだろう。猛烈な空腹感とともに、疑問がひっきりなしにこみあげてくる。

時計をみると、もう夕方の六時過ぎだった。とうに研修は終っているはずの時刻なのに、まだみんな帰ることも忘れて、ソファや床に転がったままおしゃべりにうつつを抜かしている。箱庭は研修の終了も宣言しないままうたたねの真最中だ。なぜおれたちは帰らないんだ、と我に返った児玉が隣の小出につぶやくと、彼もまた寝返りを打って冨士に同じことをささやく。吉目夫人がおかゆと厚焼たまご、昆布の佃煮、梅干の夕食を運んできた。このごちそうこそ研修終了の明白な証拠だ。ゆっくりよく噛んで食べるよう箱庭が注意する。無言のまま、夢中で生涯で最もおいしいおかゆを胃の腑に落しこむ。この粥にはアルコールでも入ってるのかい、と月山が口走った。そういえばどの顔もほんのり赤く染まり、目もとろんとしてくる。もちろん、アルコールなど入っていないが、と箱庭が箸をやすめた。抑えられていた食欲とあたたかなコシヒカリの粥とが混然一体化して、醸造変化をひきおこす。酔って当然。歌に手拍子がとびだした。食べ終るとだれもかれも睡魔に襲われ、一時間ばかりぐっすり、至福の眠りをむさぼった。最初にとび起きたのは大貫で、おれは帰るぞ、と大股で出ていった。他の連中はまだ半睡のなかにいて、そうか、大貫は帰るのか、土手の斜面に帰るのか、おれたちもそろそろ帰らなくては……とつぶやいているのも寝言に近い。箱庭やサポーターたちはいつのまにか階下におりて、どこかの部屋で打ち合せをやっているのか、眠っているのか、とにかく姿がみえない。なぜ箱庭はわれわれに帰れと言わないんだろう。そこへ大貫が首をひねりながら引き返してきた。彼は門まで行った。だけど、どうも帰る気がしない。いろいろ迷ったすえ、もう日も暮れてしまったし、あしたは日曜で、とくに今夜帰らなければならないほど深刻な理由は自分に見当らないことに気づいた。それでもどってきた。そのとき、青柳がはね起きて、今夜、娘がボーイフレンドを父親に引きあわせたいと家につれてくるんだった、と叫ぶなり、階段を駆けおりた。玄関の下駄箱をあけ、たくさんの靴に迷って、ちくしょう、ちくしょうと何度も口にし、やがて踵の音高く走り去るのが聞こえた。

十四人の研修生は、五分、十分、二十分と階段のほうに耳をすませた。青柳はもどってこない。ほんとうに彼が帰ってしまったのなら、なんだかひどくさみしい。欠田と新宮が、やっぱりおれたちもそろそろ帰らなくては、と重そうに腰をあげる。もうとっくに解散していいはずなのに、箱庭のほうからはいまだに何の指示も挨拶もないのは解せない。つられて他の連中も立ちあがった。十四人全員が毛玉のようにひとかたまりになって転げおり、ジャージーを背広に着替えた。玄関で靴をはくのにひともめして、妙にむなしい気持を抱えて門のそばまで行くと、門灯のぼうっとしたあかりのたまりを、青柳がボストンを肩にかついでまだうろうろしている。どうした？　娘さんが待ってるんだろう。何をぐずついているのか。……いや、あんまりいいにおいがするもんだから、どうしたもんか迷っちゃって。そういえば、とみんなも鼻をひくひくさせて、吉目夫人がピーナツを炒るにおいをかいだ。門の外には、左右と前方に砂地の細道がのび、裸電球が一本の電信柱からまたたいて、松林の闇の奥へにじみながら溶けている。この前方の道をきのうの朝、海のほうから到着したのだ。帰るとなれば、この門を出て、暗い松林をくぐり、砂丘に登り、引地川にかかる稲荷橋を渡らなければならない。さらに住宅地の小路や商店街を抜け、鵠沼海岸駅で電車を待つ。ひどくおっくうな気がした。香ばしい炒りたてのピーナツで水割りをぐいとやる。こたえられない。わいわいがやがや玄関先で、まるでたったいま温泉宿に到着したばかりの御一行様のように、靴をぬぎ、まだぬくもりのさめないスリッパに足をつっこんだ。箱庭やサポーターや吉目夫妻が、にぎやかなのはうれしいといわんばかりの顔でとび出してきた。

　ピーナツどころか、食べ直しの大宴会になった。鶏のカラ揚げ、スキヤキ、ちらしずしのご馳走で、飲み放題だ。ピンクに染まったトリ肉の断面、ひときれの牛肉の飴色の照り、シラタキの透明な細さ。それらのひとつひとつを箸にのせ、ためつすがめつし、目を閉じて咀嚼する。酒が流しこまれる。テレビをつけて野球中継を捜す。テレビ神奈川がオリックス対日本ハム戦をやっているので歓声をあげる。星野と西崎の両エースの投げ合いだ。ふたりともほんとうにプロらしいピッチャーだとだれからともなく声があがる。4チャンネルではいつものジャイアンツ戦をやっているが、だれもそっちにしようとは言わない。二十人も集まって、ひとりとしてジャイアンツファンがいないというのも珍しい。そのことだけでもずいぶん世俗から離れた気分だ。二対一で日本ハムがサヨナラ勝ちした。トリプルプレーがふたつも完成した。

　翌日は十時過ぎ、やっぱりホールの雑魚寝からのろのろ起き出し、サポーターたちも入って相撲を取ったり、オルガンの伴奏でカラオケ大会を開いた。三時になって、さあ、帰ろうと門まで出かける。だれともなく門柱の手前で立ち止まる。なぜわれわれは出てゆかないいんだ、と自問し、ひとにも尋ねる。なぜといわれても……、そういうきみが先に出てゆけばいい。だれかおれを外に思いきり突きとばしてくれないか。そんなのばかばかしいよ、こんなのぜんぶ悪い冗談さ、帰ろう帰ろう、と欠田が松籟荘のほうへもどってゆく。あとの者も苦笑いして、門の外をふり返りつつ玄関に向かうと、勝手口のほうからうまそうな肉ジャガを煮付けるにおいが漂ってきた。こいつはたまらない、と目を閉じ、鼻を上向きにしてあたりに泳がせる。一度、飢えを知っちゃったからね、と互いにうなずきあう。

肉ジャガ、鯵フライ、サラダ、味噌汁、漬物が並んだ。歯のあいだに挟まった肉片やごはんつぶを舌でほじくり出し、もう一度かんで味わう。そこへちびりと猪口を傾ける。中国では口の福、つまり口福という言葉があるそうだが、まさにそれだね、とうっとりした声があがった。今夜もオリックス対日本ハムの乱打戦をみて、雑魚寝の眠りをむさぼった。翌日は、全員なぜか日の出とともに起きだして、箱庭に向かって、なんでもいいから研修の再開を申し入れた。しかし、箱庭は、これから先の研修は主宰者の指示なくして勝手にはできないと答える。みなさん、研修、研修とそう堅苦しく考えないで、気楽に、自由に、ぶらぶらしていってください。自由に、といわれて困った。研修がなければ何もすることがない。ひとつ腑に落ちないことがあり、気にかかりだした。カレンダーで何度もたしかめたが、今日は月曜日なのだ。研修は土曜の夕方で終る予定だったから、会社や家族は帰ってこない彼らが心配でならないはずだ。山で遭難したわけではないが、家族からも会社からも電話一本かかってこないのはどうしたわけだろう。緑の公衆電話はとっくに食堂のいちばん目立つ場所にもどっている。とにかくこちらから連絡を入れることにして、月曜日、午後から部長といっしょに札幌出張の予定だった広報課の新宮が電話に向かった。ポケットからテレフォンカードがなかなか出てこない。たしかにまだ新しいのが二枚あったはずだ。ふと、まあいいか、という気になった。調理場のほうで、吉目夫人がだれかに話している声が聞こえ、そっちに注意がいった。金曜日以来、黒猫のトッポが姿をみせない。あの日、鯵を盗んで勝手口から逃げてゆく後姿をみたのが最後だった。飼猫といえるほどなついているわけでも、こちらに深い愛情があるわけでもないが、二日間も姿をみせないのははじめてのことで、やはり気になる。新宮はホールにもどり、早速みんなにこのことを告げた。そりゃ猫には猫の都合があるのだろう。欠田がコンクリートの門柱にすがりつくようにしてうずくまっているのが発見された。やっぱりだめだ。障害物は何もないのに、ここから先へどうしても足が出ないと訴える。そんなばかなことはないだろう、と口々に言い交しながら、ひとり、またひとりと左右の門柱を結ぶ面まで進むが、クモの巣でも顔にかかったみたいに、何かを手で払うしぐさをして立ち止まった。あっけにとられ、目もうつろに腕組みする。

その夜、研修生たちは一階食堂に呼ばれなかった。もはや食料はこれきりしか残っていない、と二階ホールで出されたのは研修初日同様、トーストパン一枚きりで、おまけに月曜はプロ野球の移動日のためテレビ中継もなしときている。このふたつの不運にがっくりきた。潮時だ。何をさしおいても帰らなければならない。世捨てびと生活もほんとうにこれまでだ。忘れられてしまうぞ。自分たちだけであの門から出られないのなら、この際、箱庭やサポーターを楯にして突破するまでだ。衆議一決して、全員で階段を踏み破るほどの勢いをつけており、箱庭たちを捜すと、食堂の隅にかたまって、わずかのトーストパンをちびりちびり食べている。吉目夫妻もいる。どういうわけか長居をしてしまった。去り難く、名残り惜しくてならないが、帰らなければならない。ついては、駅からここまで案内していただいたのだから、箱庭さん、お手数でもわれわれをここから出して、駅まで送り届けてください。

　箱庭がうなずき、ちろっと舌の先で唇の端をなめて椅子から立ちあがった。申し訳ないがそれは不可能だ。じつはわれわれもここから出られない、と蚊の鳴くような声を出す。われわれ自身、驚き、かつあきれている。理由《わけ》はわからない。今回の研修で何かがくい違った。どこかでボタンのかけ違いが生じた。しかし、まったく思い当る節がない。研修はマニュアルどおり進められた。サポーターたちは大きくうなずく。主宰者が現われないというのは何も今回に限ったことでなく、過去にも都合で来られなくなったことがあったわけで、そういう場合にと真夜中のテープも用意されている。

出られないだけでなく、きのうから電話が非常にかかりにくくなっている。いつもの御用聞きもやって来ないし、新聞も配達されていない。黒猫のトッポは帰ってこない。おとといときのうの夕食に大盤振舞いした結果、大型冷蔵庫の中の食料も底をついた。これから本格的な断食がはじまる。箱庭が落胆した、皮肉っぽい微笑を浮かべた。

吉目夫人が洗面台の鏡に向かって髪を梳《と》かしている。その黒髪の美しさに男たちははっとなった。窓からみえる公園のブランコがたったいまだれかが立ち去ったばかりのようにかすかに揺れている。あれからもうどれくらい日がたったのだろう。十日か、それとも一カ月か。まさか。それならわれわれは餓死しているはずだ。電気、ガス、水道は供給されていたから吉目夫人は毎晩風呂をたてたが、もうだれひとり入ろうとする者はいない。箱庭は持病の痛風が出て、苦しんでいる。薬はとっくに切れてしまった。醬油、塩、油、化学調味料はまだあったから、庭のハコベやドクダミ、ヨモギ、マツバボタン、ハマヒルガオの蔓などを湯搔いたり炒めたりして食べた。

大きな耳してるね、と加藤が、寝ころがって窓の外をみている原の耳をつまむ。トッポ・ジージョみたいに大きいが、こういうふうに薄く尖っているのは福耳とはまた違って、神経質で、運が逃げてゆく。そういう加藤の鼻のてっぺんには赤紫色の腫れものができかかっていて、原がそいつに手を伸ばしかけると、さわるな、痛いんだ、とあわててあとずさりした。鼻先のおできというやつはみてるほうがつらいんだよな、と立花がすね毛にしつこく電気カミソリを当てながら口を挟む。松籟荘の窓という窓、戸という戸は開け放ってある。いつでも外に開かれた場所でありたいという総意からだ。砂浜からハマゴウのしつこい根が屋敷まで侵入し、壁に這いあがってきて、開け放った戸から、茎や葉っぱを折り曲げながら風が吹きこんできた。乳首がはれて痛んだ、と中学一年生の少年のように、月山が手を合わせて胸をかばう。彼らはもうほとんど互いの名前を忘れかけていた。たとえば、冨士が、大貫、おい、歌なんかうたうなよ、と文句をつけても、じつは相手が大貫ではなく加藤で、その加藤が、おれはうたってなんかいないよ、村上はつまらん言いがかりをつける、と反発するが、村上は今回の研修メンバーの中にはいず、加藤が所属する天然原料課の主任なのだ。冨士はどこまでも大貫がうたっていると言い張ってきかない。大貫と呼ばれた加藤は、絶対うたってなんかいない、こんな非常時に歌なんかうたっていられるかと怒りだす。しかし、だれもが胸の奥底で歌をうたっているのだった。冨士は、自分がうたっているのを近くにいる加藤がうたっているように聴いたのかもしれないし、加藤は加藤で、うたっているのに自分の歌声が聴こえていないだけなのかもしれない。動物はみんな歌をうたう。いつも死のまぢかにいれば、そんなことは当然至極のことわりなのだが、人間ときたひにはぎりぎり追いつめられるまで気づかない。

おい、トイレの下は星空だぞ、おれのちっぽけな干からびたウンコが宙に舞って、だんだん光りはじめたんだ。……ああ、いやだ。やすらかに死ぬことだけを考えているのに、二十年も昔の学生時代の、たったひとつのことばかり甦ってくる。下宿しててね、ほんとうに親しい友人がいて、彼から一冊の本を借りた。筑摩世界文学大系の一冊、『ギリシャ・ローマ劇集』だ。月末に素寒貧《すかんぴん》で腹をすかせ、ちっぽけな本棚にあるだけの数十冊の本を近くの古本屋に売って、トンカツ定食にありついた。一カ月ほどして、友人が、近くの古本屋で『ギリシャ・ローマ劇集』をみたけど、あれはきみに貸したやつじゃないかな、とつぶやいた。いや、違うよ、きみに借りたのは、このあいだいなかに持ってって、忘れちゃった、実家にあるよ、と答えた。友人はもちろん嘘を見抜いている。しかし、うなずいて、あとは何ごともなかったみたいに、いつものおおらかな調子でバイトや女の子の話をはじめた。彼とは大学を卒業して社会人になり、結婚して子供ができても、ずっといまでも親友として付き合っている。何度、あのことをあやまろうと思っただろう。思い出すたびに全身から火が出るほど恥ずかしい。まっ赤に焼けて死んでしまいそうだ。

堀と吉目夫人は、主宰者専用の部屋にこもったきり出てこなかった。……死ぬのはいいけど、みんなといっしょはいや。あなたとふたりきりでなくては。こうしてしっかり抱きあって、匂いをかぎあい、うなり声をあげる。ふたりの声はひとつにまざりあって、何もかも、わたしたち以外はなにもかも掻き消してしまうの。いまあなたが入っているわたしのからだ。ほら、動いている。もがいている。中から揺すぶられている。わかるよ、ぼくにも。なぜならぼくだって同じ目にあっているんだもの。身内に何かが入ってきて、中から揺すぶられている。まるで女のからだになったみたいに。そうだわ、お互いに相手の中にいるのね。忘れよう、もうなにもかも、言葉も約束も忘れて。……だけどわたしたちがなによりも手に入れたいと望んでいたのはこれじゃなかったわ。こんなことでなくて、みんなが腹を割ってお互いの知恵を分けあうことだったのよ。こんなに惚けていたんではもうかなわない。取り返しがつかない。

もう遅いんだ。知らせる手がない。家族はいいんだ。それより、大切にしている女がいてね。こっそり一年に三、四回逢っている。もう十年になるかな。二つ年上なんだ。二十年も昔、学生時代にあこがれてた女で、出張先の盛岡でひょっこり会った。年上の女はいつまでたってもやっぱり年上の女のよさがある。人妻だから、春夏秋冬、ある曜日のある時間にだけこちらから電話をする。そのとき、女は万難を排して電話のそばにいる。他の連絡手段はいっさい考えつかなかった。ふたりの関係を知る者は金輪際ひとりもいない。あの世で神さまひとり。それくらい完璧にやってきた。心変りなんか絶対にありえない。秘密を抱いたまま死んでゆく。そういう約束だ。しかし、いっぽうがこうして死んでしまったらどうなるか。知らせようもなければ知りようもない。あのひとはずっと電話を待ちつづける。それでいいのかもしれないが……。解決できない悩みもこの世にはあるんだ。うん。しかし、それってひょっとしたら、しんじつの恋なんじゃない？　自由についての観念はいったいどこからくるのだろう。それを持たないというのはそれほどふしぎなことだろうか。おい、飯島、おまえも何かしゃべれよ、と月山が声をかけた。ここへ来てからこれまでおまえ、何か口をきいたことがあるか。すると、児玉もこういった。そういえば飯島、おまえもいたんだよなあ。人事課の飯島はただ頭を掻いているばかりだ。外は夜で、大風が吹き荒れていた。松の枝があちこちできしり、折れる音がした。そのとき、全員がひとつの頭になって、中に灯がともるようにひらめいたものがある。言葉だ。主宰者が口にした、すべてはあいとといのい、人柄を完成させるすこぶるかんたんな言葉。ほんとうに箱庭は知らないのか。知らないといったら知らない、と苛立たしげに箱庭は首を振った。ただし、それは二文字だ。私の知っているのはそれだけ。それが明らかになれば、われわれはここから出られるのではないだろうか。そうかもしれない、と箱庭は答えた。吉目夫人は、先生の部屋に灯りの点ったのをみている。わたしは先生がこの家にいるような気がするの、といった。いざとなれば頼りになるのは女の勘だ。われわれの父も祖父も、そのまた前もみんなそうだった。

だから、彼はこの家のどこかにいるんだ。捜し出し、血祭りにあげてでも泥を吐かせなければならない。泥じゃなくて、言葉だろう。もうこれ以上もったいつけさせない。

　徹底的な家捜《や》しがはじまった。みんなすっかり弱っているから、這って一メートル進むのに三十秒はかかる。小出が過って階段から転げ落ち、ひたいを割った。物が頭に落ちてきたり、膝をすりむいたり、捻挫したりと満身創痍だ。主宰者の部屋に閉じこもった堀と吉目夫人を引きずり出した。夫が女を這いずり回って殴りつけていた。

　研修生たちは、壁の大きなしみを主宰者の影と錯覚して、こっそりうしろから近づき、手でさわろうとした。床の間の掛軸の大黒様に呼びかけたがむなしかった。すっかり探索しおえるのに三日かかったけれど、徒労に終った。けっきょく、彼はわれわれを見捨てたのだ。家族や会社はともかく、彼だけはその気になればここに連絡をつけることができたはずなのに。

　研修生たちの朦朧とした頭は、もはやひとりひとりの区別がつかない。同じことを考え、同じものを感じている。一通の重要な手紙が盗まれる。警察は犯人の邸じゅうを、一インチ四方ごとに区切って、一年半がかり、綿密に検査したが発見できなかった。依頼を受けた探偵がそれを即座にみつけだす。そんな話を昔、学生の頃読んだのを彼らは思い出した。手紙は邸の最も目立つ場所、犯人の部屋の暖炉中央の状差しに、いかにもつまらないものだというふうに無造作に突っこんであったのだ。

主宰者を手紙に見立てる。この家でいちばん目立つのはだれか。わかったぞ。犯人は目の前にいる。テープの声はわざと変えてあるけれど、低音部になると、箱庭の地声が透けてみえる。

もし仮りに違っていたってかまうものか。彼こそわれわれを鵠沼海岸駅からここまで小旗を振って案内し、身心ともにこんな情ない状況に導いた張本人なのだから。その彼がいなくなれば呪縛は解けるはずだ。クモが死ねば巣も消える。

ふたり、三人、四人、五人と暗いたくらみを秘めた人垣ができ、箱庭のほうへにじり寄ってゆく。引きとめようとする者がいた。獣にも劣るぞ、と叫んだ。その叫びの側につく者もいる。サポーターの原はたくらみの輪の中だ。

箱庭はじわじわと寄せてくる男たちの殺気を察して、目を吊りあげ、いったんうしろに下がったが、まもなく何もかも了解したというふうに首を振って静止し、目を閉じ、彼らに向かって頭を垂れた。男たちは箱庭めがけて弧状に散開した。うしろに、蛮行を阻止しようとする組が迫った。

待てよ、と急にうしろ組の端にいた大貫が叫んだ。変だぞ、とても変だ。なぜだろう、いったいどうしたんだろう。こんなことってあるだろうか。みんなの動きは止まり、大貫をじっとみつめた。あれから何日、いや何十日もたっているはずだ。その間、二階も下もあちこち隈なく動き回った。勝手に歩いたり、這ったり、気ままに動いたはずなのに、全員があの夜とそっくり同じ位置にいるじゃないか。こんなことって不可能だ。ありえない。思いもつかないことだ。椅子もソファも、テーブルもオルガンも人間も同じ配置だ。あの夜、たたき起こされて、全員それぞれが、この場所で……。だからどうしたというのだ？　ふしぎだと思わないか。われわれはあの夜の場所にいるんだぞ。これは幻覚だろうか。もし幻覚なら、われわれ自身、松籟荘とその周りにひろがる松林そのものが蜃気楼にすぎない。

……ほんとうだ、箱庭さんがいまのようにわれわれの前にいて、おれの左にきみ、青柳くんがいた。すこしずつ思い出してきたぞ。そうだ、きみの隣に僕がいて、おれの左には欠田さんがいたんじゃなかったっけ。頑張って思い出してみよう。わかった。みんな這いつくばっていないで、なんとか立ちあがってみよう。この配置だ。おれはこのソファの脇から二歩離れて、きみは……。うん、思い出した、いまのとおり僕のまうしろにあんたがいて大あくびをたれていた。そうだ、こうして弓なりになって……。おや、飯島のやつがいないぞ。いや、たしかにあの夜も飯島はいなかったぞ。あいつ、かんじんなときにどこほっつき歩いてんだ。いいよ、ほうっておこう。ほっとけ、ほっとけ、ほとけさま。あの夜、いなかったんなら、いまいられてもこまるもんな。

あれは真夜中の二時だった。いまも二時だぞ。何てことだ。きょうが何日かは知らないが、外は真っ暗だ。星も出ていない。風はやんだ。ふしぎだ。あの夜、われわれは調教の鷹のように眠りをかき乱されて……。

そうだ、こうしてわれわれはテープをきいた。わかったぞ、と箱庭が手を拍って、ぴょんととびあがった。テーブルにすがりつき、震える手でコードを伸ばしてコンセントに差しこみ、テープレコーダーのレバーを回した。

……この言葉ひとつですべてはあいととのい、だれでもがそのお人柄を完成されるのですが、わたくしはそれを絶対口外しません。いずれは言いますが、いまそれを洩らすとなるといろいろなひとびと、くにぐにが思い違いをし、ショックを受けて、反撃に出て、わたくしの身に危険が迫ります。

わたくしはもとより身命を擲つ覚悟で真価労働研究所を主宰しており、左右両翼、日経連、日本能率協会、かながわ生協、文芸家協会、中日友好協会からの攻撃、迫害、危険などどうってことないのですが、目にみえないこの生命というものがなくなるとこれから先も書きつづけることができなくなり、そのぶん真価労働社会の実現が遅れるでしょうから、その言葉をまだ発表しないのです。その言葉さえここで言えば、なんだそんなことかとみなさんは納得し、こんなまわりくどいことを言う必要はないのですが、ひとびと、くにぐにによってはヒステリックに怒りはじめるのが目にみえるのです。毛虫が最も美しい葉を選んで卵をうみつけるように、わたくしの言葉がかれらの上に呪いを置くようにみえるのです。それほど立場が違えば、言葉そのものが鋭く、毒を持ち、衝撃的にひびくもので、マホメットも釈迦も孔子も荘子も、考えついてもやっぱり言わなかったほどのものなので、当分黙って、言っても言わなくても良いような時がくるまで言わないようにします。しかし、わたくしは、ものみないちずによろこび、手を握り、身とこころあいとのうしあわせの実現のために働きます。身心一如、これが真価労働の実践で、実行できないような言葉をしゃべりちらし、書きちらしているくらいなら、いっそ母親の胸に抱かれた嬰児を殺せと叫びたい。これがわたしの秘密で、わたしはいつもみなさんといっしょにいるのですから安心してください。わたしもこの中にいるのです。有無相通ず、同じ穴のムジナなのです。出ようったって、出られません。二重、三重、十重《とえ》、二十重《はたえ》、ぐるぐる巻きです。ぐるぐる巻きです。ぐる、ぐる、ぐる……

声は途切れ、きしる回転音だけが残った。みなは吸い寄せられるようにテーブルの上のテープレコーダーのまわりに集まった。もう何も入っていない。箱庭がテープを止め、一同の顔を見回し、大きく溜息をついた。

「みなさん」

びっくりして振り返った。飯島がうしろに立っている。……いま下の廊下の曲り角でひょっこり先生と出くわした、と彼は告げた。みんなはとびかかるように飯島のまわりに移動した。たぶん、あれはまちがいなく主宰者の先生だ。そう思ったものだから、どうして我々の前に正々堂々姿を現わして、正しく指導して、外へ出してくれないのか、と問いつめると、先生はじつに困った顔つきになり、呆然として、いかにもぐあいが悪そうで、こちらからひと突きすればぶっ倒れそうなほど疲れているみたいで、しばらく口をパクパクやっていたが、するうちやっとそれが声になった。ここにいるのはまちがいだった、とこういうんだ。外にいるべきだった、と。テープだけおいて、トッポといっしょにずらかるべきだったのに、ついぐずぐずしてしまって、チキショウ、自分まで出られなくなってしまった。ねえ、きみ、寒くないかい？　きみはコスメの社員だね。何課なの？　人事課です。人事課ならヒトの配転、採用、昇格、くびきり、要するにヒトの出し入れはお手のものじゃないか。ねえ、きみ、どうしたらいいんだ？　教えてよ。さて、僕は困った。まず入社試験、自己申告、面接、人事考課を実施して……、と僕は答えた。そんなことやってる余裕はないんだよ、と先生はさえぎった。先生の高尚な、真価労働の教えには解放の理論はないのか、と僕はすこし皮肉っぽく返してやった。そんなことはない、と先生はかなりむきになる。あの私のテープを聞かなかったのか。あれこそが私の人間解放の理論の精髄なのだ。あいにく僕はテープをトイレに行って聞きそびれたんだ。研修にくる前から下痢ぎみでね。そうか、残念だ、と先生はいった。きみ、寒くないかい？　あのテープこそ教養の頂点なんだ、何もかもがあのテープの中に閉じこめられてある。

僕ははっと思いついて、先生、迷路はどう解きますか、とたずねた。きみはいいところに気がついたねえ、さすが人事課だけのことはある。そうだよ、出口から入ればいいんだ。逆からたどる。つまり、逆回しすればいいんだよ。そしたら出られるよ。

僕もそれはとてもいい思いつきだとおもったので、先生をここへ連れてきて、いっしょにテープを逆回ししてみるのがいいだろうと誘うと、私はちょっとみんなと顔をあわせるわけにはゆかないんだ、と瞼を指先で掻いている。

あわせる顔がないんだろう、とだれからともなく半畳が入った。

私はそこらの廊下の隅で待機しているよ。みんなのしんがりをこっそり出てゆきますよ。さて、逆回しにしたら、そのとき私の言葉はいったい何に聞こえるだろうか。音楽だろうか。そんな高尚なものでしょうかね、と僕は最後の皮肉をきかせたつもりでいった。何もかも消えて、まっ白になるのかもねえ、と先生はしらっとしている。きみ、さあ、上へ行って。ひとつよろしくたのんだよ。

全員ふたたびテープレコーダーのまわりに集まった。レバーに置いた箱庭の手が小刻みにふるえている。みんなの胸は痛いほどしめつけられた。箱庭はレバーを逆回しに切り換える。目をつむった。乾き、ねじれ、逆毛立ち、砕け散る音ばかりがつづいた。これがあのひとの声だろうか。

テープにわずかな変調が起きた。からだを寄せ、耳をとぎすませる。とび散った音がゆっくりと集まりはじめたのだ。

風だ。遠くから吹いてくるさわがしい風の音だ。いまだ、とだれもがおもった。研修生、サポーター、箱庭、吉目夫妻、みんなこぞってがやがやと松籟荘から出ていった。あとからついてゆくみすぼらしい影があった。

文庫版　あとがき

辻原　登

「家族写真」は思い出深い作品だ。

平成二年（一九九〇）、「村の名前」がこの年の上半期芥川賞候補になっていた。七月初旬、「文學界」編集長湯川豊氏が大阪出張の折、神戸の私に、いま、ホテルプラザにいます、と電話を掛けてこられた。朝の八時頃だった。

急いで阪神電車に乗って梅田に出て、ホテルプラザの喫茶室でお目にかかった。（いまはもうない、なつかしいホテルプラザ）。

候補作の作者は受賞第一作を準備しておくものです、と湯川編集長はいった。受賞するかしないかは時の運、ともいわれた。備えあれば、憂いなしか……。これはそのときの私のつぶやき。

私が顔を上げると、すでに湯川氏はコーヒー二つの伝票を手に立ち上がっていた。

さあ、急いで何か書かなくちゃ。阪神芦屋駅でおり鳰《にお》橋を渡って、芦屋川にそって歩く。当時、私の住いは芦屋川の河口近く、平田町にあった。（その平田町のたたずまいも、いまでは震災火ですっかり変わってしまった）。

海に向かって歩いていて、ふと思い出したのが、その頃起きた殺人事件の被害者の女性が、惨禍に遭う前日、友達との電話の中で、いま、わたしはしあわせ、と言ったという週刊誌の取材記事だった。

日本語には「言挙《ことあ》げ」という考えがある。言葉には霊力・呪力がある……。「家族写真」はその日のうちに書き上げられた。

幸《さいわ》い「家族写真」は受賞第一作として、その年の「文學界」九月号に掲載されたのである。

その後の「わが胸のマハトマ」から「松籟」に至る作品は、「家族写真」とやや趣を異にするかもしれない。（「緑色の経験」「塩山再訪」を書かせてくれた「海燕」もない）。

「家族写真」には時代性はない。しかし、他の作品には、どこか共通する何かがあり、それはいま私が思いみるに、これらの作品が書かれた一九八〇年代から九〇年代初頭にかけての時代のにおいらしきものが付き纏っているということだ。同時にそれは、私自身の三十代から四十代初めにかけてのにおいだ。

おそらく私たちが生きていた戦後社会が大変革を迎えて、時代が抱いた不安とノスタルジーが、私のそれと重なった。

不安とノスタルジーが渾然となると、何が醸し出されるか。ある種のいかがわしさだ。

私がおよそ十五年ぶりに読んで、自作から嗅ぎ取るのはこのいかがわしさだ。最後に置かれた「松籟」には、真価労働研究所なるいかがわしい社員研修団体の、ついに最後まで姿を現わさない主宰者の名前が一度だけ明かされるが、それが「ツチハラ先生」だと知って、私は驚いた。完全に忘れていた。

この作品から十年後、私は「枯葉の中の青い炎」という短篇の中で、サモアで死んだ『宝島』『ジキル博士とハイド氏』の作者スティーヴンソンのことをサモアの人々が、物語作者《ツシタラ》酋長と呼んでいたことに触れ、世界を宰領する物語作者ツシタラとして、スティーヴンソンと中島敦を招来している。無論、真価労働研究所代表ツチハラのことなど知らずに。

ツチハラ、ツシタラ、ツジハラ。物語によって世をたぶらかす。いかがわしさ、ここに極まれり、とでもいうべきか。

解説

湯川豊

辻原登氏は、一九九〇年に「村の名前」で第一〇三回の芥川賞を受賞した。受賞作は同年八月単行本『村の名前』として刊行されたが（五年前に芥川賞候補作になった「犬かけて」を併録）、この短編集『家族写真』は『村の名前』に直結しているような印象がある。

短編「家族写真」が受賞第一作として「文學界」九〇年九月号に掲載され、それから九四年秋までに書かれた短編を集めたものだから、時間的な近さということは確かにある。しかし、この短編集が刊行される以前に、長編『森林書』をはじめとして、何冊かの中・短編集が出ている。それぞれが意味深い作品であることは別として、『村の名前』にまっすぐつながっているのは『家族写真』という印象をもってしまうのは、この短編集に秀作『村の名前』につながるものが濃厚にあるからだろう。卓抜な物語性、表現技巧、幻想性、完成度の高さ等々。

確かに『家族写真』の諸編は芥川賞受賞作と同様にいかにも初々しく、しかも完成度が高い。それは、辻原氏が作家としてスタートした時点ですでに成熟度が高かった、ということでもある。辻原氏の受賞は四十四歳で、このとき日中貿易の会社につとめる商社マンだった。しかし若い頃からひそかな試作と厖大な読書をつづけてきていて、小説を書く機がまさに熟していたことがうかがえる。

この短編集の中の「谷間」を読み返して、作家が達している熟成ということを改めて痛感し、驚きもした。「谷間」は、精巧であると同時に前衛的。この両立しがたいことを実現している作品であることに私は目をみはった。

ひとまずは私小説のような設定だが、これが見せかけであることは筋立ての展開とともに明らかになる。

作家である「私」が、和歌山の自分の故郷に近い中辺路というところで起こった怪事件を取材している。といっても事件は十七年も前のこと。

榎本偲（四十五歳）と榎本竹男（六十六歳）という、同姓だけれども親戚関係はない二人の男が、二升の酒を飲んで大酔したうえ、エンドリンという農薬をガブ飲みして死亡した。強烈な農薬で、誤って飲むなんてことは考えられない。いわゆる無理心中事件として扱われ、被疑者死亡による不起訴処分としていちおう落着した。

私は精密にできた「谷間」のストーリーをここでたどり直そうとするのではない。ただこの短編のもつ意味をできるだけ誤またずに掘り起こそうとすると、ストーリーの肝所だけでも捉え直してみなければならない。読者にはしばらく辛抱してつきあっていただきたい。

迷宮入り事件の謎を追いかけるノンフィクションを書いてみないか、という編集者の誘いにのって、「私」は十七年前の事件を改めて取材しているわけだ。しかし右のような怪事件を解きほぐすような解釈があり得るかどうか。つまり筋の通ったストーリーがあるのだろうか。「私」は取材相手の公民館長に向かって、事実が知りたいんです、と叫んでしまうが、そのときの事実とは何か。相手は、農薬エンドリンを「わけもなくのんだんや」という。つまり、結果はある。結果を導き出すストーリーは、無数にあるともいえるし、一つもないということにもなる。

家に帰って録音テープを再生してみると、「プ・チエン・ドゥ」という女の声が入っている。中国語で「不見得」、「とはかぎらない」というほどの意味。人間の起こすことでは、あらゆる解釈＝物語は、とはかぎらないといえるのではないか。「私」は取材に同行した女性のことが妻にばれるのではないかと気をもむが、そういう私小説ふうなゴタゴタは起こらず、もしかすると「とはかぎらない」はカミの声かもしれないのである。

場面が変わる。「私」と妻の由理は、近くにある今井川という細流をたどって源流さがしをする。「私」は丘をぬって流れる今井川の地形こそ確かなものと考え、それを正確に描写してみせるが、流れは栗林の中でさらに二つの細流に分かれる。源流は一つではない。「私」はそのことを発見する。

「私」と由理はふたてに別れて、さらに流れをさかのぼる。一つは畑のなかで涸れた溝として終わっている。由理がさかのぼったほうは一軒の平屋にたどりつく。そこで由理は包丁を構えて何かを突いている男の姿を幻影のように見る。自分の見たことを、約束の場所で落ち合った「私」に報告するが、目撃したものがどういう意味をもつ光景だったのか、由理自身も分からない。

二人が落ち合った場所は畑の中で、老婆が草を運んできて盛大な焚火をしている。夏の、はた迷惑な焚火ではあるが畑仕事だから仕方がない。「谷間」は、この老婆のひとりごとのようなセリフで終わる。

「夏草はね、刈っても刈ってもはえてくる。からだ、あったまりましたか」

しかし、私にはこのセリフがごく自然に次のように聞こえてきた。

「物語というのは、刈っても刈ってもはえてくる」

という、溜め息のような作者の声だ。すなわち、この短編は物語とは何かがテーマなのだ。

事件がある。事件を構成している事実の断片らしきものがある。それを組み立てて、事件を解釈する。解釈は物語をつくる。そこで確かに、一つの物語が生まれる。しかし、事件の事実性は、それで確定されるのだろうか。あらゆる物語について、プ・チエン・ドゥ――とはかぎらない、といってみることができる。人間が不確定なものであるかぎり、物語はつねに「とはかぎらない」という不確かさにつきまとわれる。不確かさにつきまとわれながら、物語は生まれつづける。人間や世界を知ろうとするかぎり生まれつづける。

「谷間」の中で、「私」が確かなものと考えて探索しようとする地形だって、人間が関与しているかぎり不確かな部分がある。いや、そもそも源流があってそれをつきとめれば、事実も結果も解釈も首尾一貫するというわけにはいかない。源流が二つに分かれて存在していたりする。妻の由理が見たように、解釈できない、あるいはどうとでも解釈できる光景が、源流そのものの上に存在したりする。

人は世界に対しているかぎり、不断に物語をつくりつづけていかなければならない存在である、ということでもある。では物語の専門家である作家はどうすればいいのか。「谷間」の「私」は、物語をどう書いていったらいいのか。

その答は用意されてはいない。「私」ではなく作者の辻原氏はそういっているかのようだ。「刈っても刈ってもはえてくる」ことこそ物語の特性なのだと見きわめて、覚悟するしかない。覚悟して、「そうとはかぎらない」物語を書きつづけていくしかない。そして季節はずれかもしれない焚火をして、「からだ、あったまりましたか」

と読者に問いかけてみる。

辻原氏は、一九九七年に新聞連載した『翔べ麒麟』以後の作品展開をみても明らかなように、物語性を濃厚に身につけた作家である。とくに初期の辻原氏には、どのようにしても物語ができてしまうことに、むしろ戸惑っているような面すらあった。そういう作家にしてみれば、物語とは何かということじたいをテーマにして一度書いておく必要があったのだろう。

そのようにして、この「谷間」のような形而上的作品ができあがったに違いない。難しいテーマの作品化だから、実験的でもある。しかし実験的な試みがよくそうなってしまうように八方破れのところがない。精密な球体のような、見事な短編に仕上がっている。私は「谷間」をそんなふうに読み解いた。


さて、物語の発生する場所に立ち合った作家は、興のおもむくままに、さまざまなテーマを孕んだ短編を書いていった。その成果が、この短編集ということでもある。まず心惹かれたのは「わが胸のマハトマ」である。父と息子のテーマは、この作品以後も辻原氏がたびたび扱っているものである。それがどこから来ているのかという私小説的詮索は無用としても、この古典的テーマは辻原氏の執心の一つであることは確かだ。たとえば後年の秀作長編『ジャスミン』にもそれが現われるというふうに。

子は大人の父。そして父は子に殺されることによって安らぎを得る。マハトマ・ガンディーは、どうしようもなく出来の悪い子（実際にいたらしいが）に殺されることで、インドの父になる。救国の聖人になる。いっぽう父に「おまえは私を殺せ！」とそそのかされた子のハリラールは、自分がマハトマの父になれることを夢見て、暗殺者ゴードセーになる。しかし末路は、ベナレスのガートでの凍死。

暗殺者が不出来な息子だった、というのはいかにも奇想天外の発想である。もちろんこの発想じたいも面白いが、私が注目したのはその物語を有無をいわせず現出させた小説の手法である。

父は、故郷ポールバンダルの生家に息子を呼び出す。三十世帯が住む、蜂の巣のような奇怪な家。父と子が何十年ぶりかでそこで対面したとき、時間が消え、あるいは時間が重なり、息子は自分をみごもっている母、すなわちガンディーの幼な妻であるカストゥルバを見る。

重層する時間が一つの場面に閉じこめられるという、一種の幻想ではあるが、場面をつくる細部は生々しくリアリスティックである。私はこの手法を辻原流マジック・リアリズムと呼んでいるのだが、後年の傑作短編「枯葉の中の青い炎」にまでその流れは連続している。文学表現上の荒技ではあるが、その技巧の中で、父と子というテーマのダイナミズムが生きるのである。時間が消失しているあり得ない場所からドラマ＝物語が立ち上がる。

「家族写真」も父と子の物語であるが、こちらは娘と父親の関係であるだけに、作品の感触はずっとやさしい。家族の記念写真で、娘は左手の先を、そっと父親の肩にかける。利発でやさしい娘である。その娘が男に抱かれ「いま、わたしはしあわせだ」と口走ってしまう。そして口走ったことで、禍いを招き、父を事故死に追いやってしまったと思う。

これは、娘が父の事故を内面化することで、一つの物語を生み出したのである。自分がそういう物語をつくることによって、ようやく不条理な事故を運命と受けとめることができる。そこから物語の意味と効用を考えてしまうような見事な短編である。

作者はここで一語一行をおろそかにしない、柔軟だけれども緊張感のみなぎった文章で、精密無比の物語を織り出している。あっけにとられるほどうまい。そのうまさがなければ、この物語は説得力をもたないといいたいほど、微妙な作品なのである。

さて、残ったあとの四編について、読み解いていく必要はもうないだろう。「光線の感じ」は、若い女にとって男とは何であるかがほとんど生理的に感得できるような仕掛けになっている。「緑色の経験」では、北海道の山中で起こった性不同一性に起因する事件が、いつのまにか話の語り手の上に現出している。これまた、唖然とするような技巧である。

最初にのべたように、辻原登氏は作家として出現したときから、一種の成熟を身につけていた。そのことを示すかのように、作品には仕掛けがあり、ひそかにしかし十分な技巧がしのばせてあった。ただし、そのような技巧を鼻歌をうたいながら馴れた手つきでひけらかしてみせたのではない。

小説の工夫に、つねに初々しい緊張がつきまとっている。その緊張感が一編一編からここちよく伝わってくるのを満喫し、私はこの短編集を静かに閉じた。

（文芸評論家）

本書は一九九五年二月、単行本として文藝春秋より刊行されました。

家《か》族《ぞく》写《しゃ》真《しん》

二〇一一年 三 月一〇日 初版印刷
二〇一一年 三 月二〇日 初版発行

著　者　辻《つじ》原《はら》登《のぼる》
発行者　小野寺優
発行所　株式会社河出書房新社
〒一五一－〇〇五一
東京都渋谷区千駄ヶ谷二－三二－二
電話〇三－三四〇四－八六一一（編集）
〇三－三四〇四－一二〇一（営業）
http://www.kawade.co.jp/

ロゴ・表紙デザイン　粟津潔
本文フォーマット　佐々木暁
印刷・製本　中央精版印刷株式会社

Printed in Japan ISBN978-4-309-41070-8

ひとり日和

青山七恵　41006-7

二十歳の知寿が居候することになったのは、七十一歳の吟子さんの家。奇妙な同居生活の中、知寿はキオスクで働き、恋をし、吟子さんの恋にあてられ、成長していく。選考委員絶賛の第一三六回芥川賞受賞作！

青春デンデケデケデケ

芦原すなお　40352-6

1965年の夏休み、ラジオから流れるベンチャーズのギターがぼくを変えた。“やーっぱりロックでなけらいかん”——誰もが通過する青春の輝かしい季節を描いた痛快小説。文藝賞・直木賞受賞。映画化原作。

A感覚とV感覚

稲垣足穂

永遠なる“少年”へのはかないノスタルジーと、はるかな天上へとかよう晴朗なA感覚——タルホ美学の原基をなす表題作のほか、みずみずしい初期短篇から後期の典雅な論考まで、全14篇を収録した代表作。

オアシス

生田紗代　40812-5

私が〈出会った〉青い自転車が盗まれた。呆然自失の中、私の自転車を探す日々が始まる。家事放棄の母と、その母にパラサイトされている姉、そして私。女三人、奇妙な家族の行方は？　文藝賞受賞作。

助手席にて、グルグル・ダンスを踊って

伊藤たかみ

高三の夏、赤いコンバーチブルにのって青春をグルグル回りつづけたぼくと彼女のミオ。はじけるようなみずみずしさと懐かしく甘酸っぱい感傷が交差する、芥川賞作家の鮮烈なデビュー作。第32回文藝賞受賞。

ロスト・ストーリー

伊藤たかみ　40824-8

ある朝彼女は出て行った。自らの「失くした物語」をとり戻すために——。僕と兄アニーとアニーのかつての恋人ナオミの３人暮らしに変化が訪れた。過去と現実が交錯する、芥川賞作家による初長篇にして代表作。

狐狸庵交遊録

遠藤周作　40811-8

遠藤周作没後十年。類い希なる好奇心とユーモアで人々を笑いの渦に巻き込んだ狐狸庵先生。文壇関係のみならず、多彩な友人達とのエピソードを記した抱腹絶倒のエッセイ。阿川弘之氏との未発表往復書簡収録。

父が消えた

尾辻克彦　40745-6

父の遺骨を納める墓地を見に出かけた「私」の目に映るもの、頭をよぎることどもの間に、父の思い出が滑り込む……。芥川賞受賞作「父が消えた」など、初期作品５篇を収録した傑作短篇集。解説・夏石鈴子

東京ゲスト・ハウス

角田光代　40760-9

半年のアジア放浪から帰った僕は、旅で知り合った女性の一軒家を間借りする。そこはまるで旅の続きのゲスト・ハウスのような場所だった。旅の終りを探す、直木賞作家の青春小説。解説＝中上紀

ぼくとネモ号と彼女たち

角田光代　40780-7

中古で買った愛車「ネモ号」に乗って、当てもなく道を走るぼく。とりあえず、遠くへ行きたい。行き先は、乗せた女しだい――直木賞作家による青春ロード・ノベル。解説＝豊田道倫

ホームドラマ

新堂冬樹　40815-6

一見、幸せな家庭に潜む静かな狂気……。あの新堂冬樹が描き出す“最悪のホームドラマ”がついに文庫化。文庫版特別書き下ろし短篇「賢母」を収録！　解説＝永江朗

母の発達

笙野頼子　40577-3

娘の怨念によって殺されたお母さんは〈新種の母〉として、解体しながら、発達した。五十音の母として。空前絶後の着想で抱腹絶倒の世界をつくる、芥川賞作家の話題の超力作長篇小説。

きょうのできごと

柴崎友香　40711-1

この小さな惑星で、あなたはきょう、誰を想っていますか……。京都の夜に集まった男女が、ある一日に経験した、いくつかの小さな物語。行定勲監督による映画原作、ベストセラー!!

青空感傷ツアー

柴崎友香　40766-1

超美人でゴーマンな女ともだちと、彼女に言いなりな私。大阪→トルコ→四国→石垣島。抱腹絶倒、やがてせつない女二人の感傷旅行の行方は？　映画「きょうのできごと」原作者の話題作。解説＝長嶋有

次の町まで、きみはどんな歌をうたうの?

柴崎友香　40786-9

幻の初期作品が待望の文庫化！　大阪発東京行。友人カップルのドライブに男二人がむりやり便乗。四人それぞれの思いを乗せた旅の行方は？　切なく、歯痒い、心に残るロード・ラブ・ストーリー。解説＝綿矢りさ

ユルスナールの靴

須賀敦子　40552-0

デビュー後十年を待たずに惜しまれつつ逝った筆者の最後の著作。20世紀フランスを代表する文学者ユルスナールの軌跡に、自らを重ねて、文学と人生の光と影を鮮やかに綴る長編作品。

ラジオ　デイズ

鈴木清剛　40617-6

追い払うことも仲良くすることもできない男が、オレの六畳で暮らしている……。二人の男の短い共同生活を奇跡的なまでのみずみずしさで描き、たちまちベストセラーとなった第34回文藝賞受賞作！

サラダ記念日

俵万智　40249-9

〈「この味がいいね」と君が言ったから七月六日はサラダ記念日〉——日常の何げない一瞬を、新鮮な感覚と溢れる感性で綴った短歌集。生きることがうたうこと。従来の短歌のイメージを見事に一変させた傑作！

香具師の旅

田中小実昌　40716-6

東大に入りながら、駐留軍やストリップ小屋で仕事をしたり、テキヤになって北陸を旅するコミさん。その独特の語り口で世の中からはぐれてしまう人びとの生き方を描き出す傑作短篇集。直木賞受賞作収録。

ポロポロ

田中小実昌　40717-3

父の開いていた祈禱会では、みんなポロポロという言葉にならない祈りをさけんだり、つぶやいたりしていた——表題作「ポロポロ」の他、中国戦線での過酷な体験を描いた連作。谷崎潤一郎賞受賞作。

さよならを言うまえに　人生のことば292章

太宰治　40956-6

生れて、すみません——39歳で、みずから世を去った太宰治が、悔恨と希望、恍惚と不安の淵から、人生の断面を切りとった、煌く言葉のかずかず。テーマ別に編成された、太宰文学のエッセンス！

新・書を捨てよ、町へ出よう

寺山修司　40803-3

書物狂いの青年期に歌人として鮮烈なデビューを飾り、古今東西の書物に精通した著者が言葉と思想の再生のためにあえて時代と自己に向けて放った普遍的なアジテーション。エッセイスト・寺山修司の代表作。

枯木灘

中上健次　40002-0

自然に生きる人間の原型と向き合い、現実と物語のダイナミズムを現代に甦えらせた著者初の長篇小説。毎日出版文化賞と芸術選奨文部大臣新人賞に輝いた新文学世代の記念碑的な大作！

千年の愉楽

中上健次　40350-2

熊野の山々のせまる紀州南端の地を舞台に、高貴で不吉な血の宿命を分かつ若者たち——色事師、荒くれ、夜盗、ヤクザら——の生と死を、神話的世界を通し過去・現在・未来に自在に映しだす新しい物語文学！

無知の涙

永山則夫　40275-8

４人を射殺した少年は獄中で、本を貪り読み、字を学びながら、生れて初めてノートを綴った——自らを徹底的に問いつめつつ、世界と自己へ目を開いていくかつてない魂の軌跡として。従来の版に未収録分をすべて収録。

マリ&フィフィの虐殺ソングブック

中原昌也　40618-3

「これを読んだらもう死んでもいい」（清水アリカ）——刊行後、若い世代の圧倒的支持と旧世代の困惑に、世論を二分した、超前衛—アヴァンギャルド—バッド・ドリーム文学の誕生を告げる、話題の作品集。

子猫が読む乱暴者日記

中原昌也　40783-8

衝撃のデビュー作『マリ＆フィフィの虐殺ソングブック』と三島賞受賞作『あらゆる場所に花束が……』を繋ぐ、作家・中原昌也の本格的誕生と飛躍を記す決定的な作品集。無垢なる絶望が笑いと感動へ誘う！

リレキショ

中村航　40759-3

“姉さん”に拾われて“半沢良”になった僕。ある日届いた一通の招待状をきっかけに、いつもと少しだけ違う世界がひっそりと動き出す。第39回文藝賞受賞作。解説＝GOING UNDER GROUND 河野丈洋

夏休み

中村航　40801-9

吉田くんの家出がきっかけで訪れた二組のカップルの危機。僕らのひと夏の旅が辿り着いた場所は——キュートで爽やか、じんわり心にしみる物語。『100回泣くこと』の著者による超人気作がいよいよ文庫に！

黒冷水

羽田圭介　40765-4

兄の部屋を偏執的にアサる弟と、執拗に監視・報復する兄。出口を失い暴走する憎悪の「黒冷水」。兄弟間の果てしない確執に終わりはあるのか？史上最年少17歳・第40回文藝賞受賞作！　解説＝斎藤美奈子